COMO SE NÃO HOUVESSE AMANHÃ

Org.
Henrique Rodrigues

Como se não houvesse amanhã

20 contos inspirados em músicas da Legião Urbana

5ª EDIÇÃO

EDITORA RECORD
RIO DE JANEIRO • SÃO PAULO
2013

CIP-Brasil. Catalogação-na-fonte
Sindicato Nacional dos Editores de Livros, RJ.

C728 Como se não houvesse amanhã: 20 contos inspirados em
5ª ed. músicas da Legião Urbana/org. Henrique Rodrigues. – 5ª ed.
– Rio de Janeiro: Record, 2013.

ISBN 978-85-01-08943-4

1. Antologias (Conto brasileiro). I. Rodrigues, Henrique.
II. Legião Urbana (Conjunto musical).

10-0147
CDD: 869.93008
CDU: 821.134.3(81)-3(082)

Copyright © 2010, Henrique Rodrigues

Capa: Tita Nigrí

Texto revisado segundo o novo Acordo Ortográfico da Língua Portuguesa.

Todos os direitos reservados. Proibida a reprodução, no todo ou
em parte, através de quaisquer meios.

Direitos exclusivos de publicação em língua portuguesa adquiridos pela
EDITORA RECORD LTDA.
Rua Argentina 171 – Rio de Janeiro, RJ – 20921-380 – Tel.: 2585-2000

Impresso no Brasil

ISBN 978-85-01-08943-4

Seja um leitor preferencial Record.
Cadastre-se e receba informações sobre
nossos lançamentos e nossas promoções.

Atendimento e venda direta ao leitor:
mdireto@record.com.br ou (21) 2585-2002

EDITORA AFILIADA

Sumário

Apresentação 7

Legião Urbana

Será, *Daniela Santi* 9

Ainda é cedo, *Nereu Afonso* 19

Por enquanto, *Renata Belmonte* 23

Dois

Acrilic on canvas, *Henrique Rodrigues* 29

Eduardo e Mônica, *Rosana Caiado Ferreira* 35

Tempo Perdido, *Tatiana Salem Levy* 41

Música Urbana 2, *Sérgio Fantini* 53

Andrea Doria, *Ana Elisa Ribeiro* 59

Que país é este

Que país é este, *Alexandre Plosk* 65

Faroeste caboclo, *Carlos Fialho* 71

As quatro estações

Há tempos, *Carlos Henrique Schroeder*..................................81

Pais e filhos, *João Anzanello Carrascoza*........................87

Quando o sol bater na janela do seu quarto, *Susana Fuentes*...89

Monte Castelo, *Wesley Peres*...97

Meninos e meninas, *Miguel Sanches Neto*......................105

V

Sereníssima, *Ramon Mello*..119

Vento no litoral, *Marcelo Moutinho*................................125

O descobrimento do Brasil

Giz, *Manoela Sawitzki*...133

A tempestade ou O livro dos dias

Música de trabalho, *Mariel Reis*......................................145

Uma outra estação

Sagrado coração, *Maurício de Almeida*..........................149

Sobre os autores 153

Apresentação

Nosso nome é Legião, porque somos muitos.

Não me lembro ao certo quando começou o interesse pelas músicas da Legião Urbana. Mas houve momentos em que essa influência foi marcante. Talvez quando, lá pelos 11 anos, fazia parte de um daqueles círculos de garotos reunidos na hora do recreio, em que todos decoravam a letra mimeografada de *Faroeste caboclo* e cantavam como se fosse uma coisa ao mesmo tempo proibida pelo governo e subversiva por excelência. Ou quando *Andrea Doria* me dava força para me acostumar com a estrada errada que eu seguia com a própria lei. Ou quando trechos como "Eu moro com a minha mãe/ mas meu pai vem me visitar" vinham à tona sempre que, depois que eles se separaram, ia passar os fins de semana com meu velho. Ou quando *Vento no litoral* configurou a trilha sonora perfeita e até consoladora para fins de namoro. Ou quando letras como a de *Giz* ou *A via láctea* me davam um tipo diferente de resignação e força para encarar toda a complexidade que a vida me apresentava.

Agora, homem feito, vejo que essas músicas ainda causam a mesma sensação: dizem algo intimamente, além de despertarem um tipo de certeza de que também preciso dizer algo. No meu caso, com a literatura. Depois de conversar com alguns amigos escritores sobre a vontade de fazer um conto a partir de uma música que eu ouvia todos os dias indo para o trabalho e saber que essa relação era comum a eles, surgiu a ideia deste livro.

E então foram chamados autores de diferentes locais do país, para que cada um escrevesse um conto a partir da letra preferida da Legião Urbana. Na seleção dos escritores, apenas um critério foi estabelecido como condição *sine qua non* para participar desta antologia: que todos fossem assumidamente fãs da banda. Assim, cada um escreveu com sua voz, de maneira que o livro também oferece uma amostra de como a produção literária atual é diversificada.

Por sorte ou coincidência, as letras selecionadas para a escrita dos contos contemplam todos os discos da Legião. Assim, os textos estão distribuídos na sequência cronológica em que apareceram na obra da banda.

Ainda que *Como se não houvesse amanhã* esteja costurado com o fio da Legião, e talvez justamente por isso, as histórias contadas aqui tratam de questões que ultrapassam lugares e datas. A tristeza doce, a indignação social, as aproximações e distanciamentos entre as pessoas, a sobrevivência urgente do amor, a esperança buscada e fugidia e tantos outros temas foram legados por Renato Russo, Dado Villa-Lobos e Marcelo Bonfá de forma estritamente poética e atemporal. Daí o título do livro.

Uma música, um filme, uma pintura ou quaisquer outras manifestações artísticas são importantes não quando os descobrimos, mas quando, por meio deles, também nos redescobrimos. E, com o passar do tempo, notamos que essa obra continua imprimindo um caráter de novidade, espanto e transcendência em relação à vida. Quem cresceu — e ainda está crescendo — ouvindo músicas da Legião Urbana sabe do que estou falando.

Leia no volume máximo!

Henrique Rodrigues

Será

Daniela Santi

Numa tarde de final de novembro de 1985, em que a cidade ardia silenciosa sob um calor sufocante, ela atravessou o pátio da escola Madre Raffo, como de hábito, em direção à biblioteca. "Ainda não bateu para o recreio", pensou, enquanto observava os enormes toldos verdes que haviam sido estendidos em frente às salas de aula para protegê-las do sol. A escola era uma espécie de minimundo ordenado geometricamente: um pátio quadrado, dois pavilhões em L e duas praças diagonalmente opostas; metade do piso estava coberta de cimento, e a outra metade, de brita, como se na dúvida sobre qual ofereceria mais atrito à correria enlouquecida de crianças houvessem optado pelos dois. Em frente à metade-brita ficava a secretaria, por onde circulavam senhoras castas e severas em tons pastel — as freiras. Em frente à metade-cimento ficava a biblioteca, que *ela* frequentava mais que ninguém. Seu tamanho era proporcional ao da escola: continha nada mais que uma mesa de quatro lugares de um lado, dois minúsculos corredores com prateleiras de livro do outro e a mesa de atendimento ao centro. Naquele dia, a biblioteca seria seu refúgio, já que havia escapado, sem que ninguém se desse conta, do odioso curso de tricô que era obrigada a fazer duas vezes por semana.

Ao entrar, deparou-se com a senhora que ali trabalhava abanando-se debilmente. Era uma mulher gentil e reservada, que levava fartos cabelos castanhos presos em um coque. Estava bem que não fosse efusiva; ajudava a manter a quietude do ambiente. As duas tinham um pacto implícito de não invasão e compartilhavam, com muita elegância, longas horas de um cordial silêncio, alguns sorrisos, uma ou outra conversa. Às vezes, a menina lhe pedia para passar o mimeógrafo. Que prazer girá-lo demoradamente, sentindo o cheiro de álcool misturado com o cheiro de livros! Aquela tarde, porém, estava muito quente para fazer qualquer coisa ali. Foi até a prateleira, pegou seu livro preferido e, como num ritual, o reteve um momento entre as mãos: *O livro dos lugares — uma colorida e divertida viagem ao redor do mundo*! Ela não se cansava de se maravilhar com aquelas ilustrações de holandeses corados e suas vaquinhas gordas e de graciosas espanholinhas de vermelho e negro tocando castanholas. Estendeu o livro para a mulher e espiou, curiosa, outro de capa verde que estava sobre a mesa. Era *O menino do dedo verde*.

— Posso levar esse também? — perguntou.

— Esse não é para a sua idade...

Pensou na sua idade. Tinha oito anos, mas, se alguém lhe perguntava, dizia "vou fazer nove". E, quando fizesse nove, diria com orgulho "vou fazer dez". E assim por diante, pois a idade seguinte sempre lhe parecia mais interessante. Qual seria a idade adequada para ler *O menino do dedo verde*? Ela ficava perplexa: o mundo tinha tantas regras, deveres, ordens, formalidades! Não pise na grama. Mantenha distância. Não fale com o motorista. Come toda a comida. Chega de ler. Vai pra rua brincar com as outras crianças. Vai pra cama. Agora. Dá um beijo ali no seu avô. Na escola, ao menos, podia ler em paz e não precisava dar beijos em ninguém. Tirava boas notas sem esforço e era calada por natureza, portanto, não tinha grandes problemas. Tampouco grandes privilégios: não se recordava de nenhuma recompensa a seu excelente desempenho exceto não apanhar cada vez que seus pais recebiam o boletim. Como tinha horror a apanhar, acabava sendo um bom negócio.

Reparou que a mulher executava seu trabalho mais lentamente que de costume, talvez por causa do calor, talvez para mantê-la um pouco mais ali, fazendo-lhe companhia. Quem sabe se sentia sozinha? Caminhou até a janela, buscando se refrescar um pouco, mas o ar estava parado. Viu as bandeiras imóveis em seus mastros. Entre a de Porto Alegre e a do Rio Grande do Sul erguia-se a bandeira do Brasil, que era solenemente hasteada todas as manhãs, com acompanhamento do hino nacional. Pretendia-se que o hasteamento fosse um ato de grande relevo, mas resultava quase sempre patético. As freiras entoavam um terrível coro *mezzosoprano*, os alunos se cutucavam e riam, e a criança escolhida para hastear a bandeira acabava hasteando rápido demais ou devagar demais, para visível desagrado de irmã Antônia, a delgada e circunspecta diretora da escola. Irmã Antônia jamais sorria, sob hipótese alguma, muito menos quando o hino acabava de tocar e a bandeira ainda estava a meio pau.

— Pronto — disse a mulher da biblioteca.

Um som metálico reverberou com força. Viu somente o braço magro de irmã Antônia para fora da janela da secretaria, sacudindo a tão esperada sineta do recreio. Que estranha cena! Parecia um braço sem corpo, arrancado de um boneco velho, sendo balançado por uma criança desajeitada. Pouco depois, as portas se abriam, e crianças saíam das salas aos borbotões, gritando e correndo por todos os lados, algumas já disputando a tapas o vaivém, outras se balançando freneticamente nas gangorras, enquanto ela ia embora satisfeita, com os dois livros debaixo do braço.

Saindo pelo portão, encontrou a rua deserta. A escola ficava no centro de um bairro tranquilo da zona sul. Ainda que estivesse proibida de fazer passeios sozinha, decidiu dar uma volta no quarteirão. Andava de sombra em sombra, tratando de não pegar uma insolação — quantas vezes já lhe haviam advertido! Desobedecendo a uma regra e cumprindo outra, as coisas adquiriam sua justa proporção. Podia desfrutar de alguma liberdade e contemplar sem culpa os lugares de sempre, dispostos lado a lado como em uma cidade cenográfica de novela das seis: a delegacia, a sorveteria, a farmácia, a praça, a igreja, o salão paroquial, o centro de tradições gaúchas, a padaria Nova Belém, o supermercado Lunardelli, a madeireira Breyer, o Banrisul, a loja Kaky's, a peixaria São Jorge e a clínica veterinária dos gêmeos Tupi e Tabaré, que cumprimentavam as pessoas gritando "Coisa linda!". No caminho, embrenhava-se nos pés de amora e araçá, que àquela época do ano estavam carregados de frutas. Em seus passeios proibidos, eles tinham a tripla função de alimentar, oferecer sombra e servir de esconderijo, caso encontrasse algum conhecido que pudesse dedurá-la a seus pais.

Antes de chegar à última encruzilhada do quarteirão, a menina já havia se apoderado de uma pequena alegria inabalável. Faceira, balançando seu rabo de cavalo, entrou em um largo beco de chão batido, onde seus primos costumavam jogar taco. Os buraquinhos feitos no chão ainda estavam lá, mas deles nem alma. Passou em frente à casa de sua tia Hilda e, esgueirando-se pelo muro, colheu uma rosa branca. Se a tia Hilda visse! Meteu uma pétala na boca e espiou a casa: janelas fechadas, TV ligada; seus primos deviam estar assistindo à *Sessão da Tarde*. Aguçou o ouvido na tentativa de descobrir que filme estava passando, mas deu de ombros e seguiu caminhando. Jogou o talo da rosa num terreno baldio, entrou no último portão à direita, onde havia uma casa de dois andares, e tocou a campainha diante de uma porta marrom. Uma mulher muito sisuda lhe abriu.

— A Fabíola não está. Só a Gisele.

Ela tirou os tênis — sabia que não podia entrar de sapatos, d-e-u-s-o-l-i-v-r-e sujar o carpete bege da casa da Fabíola — e subiu até o andar de cima. Encontrou Gisele deitada na cama, olhando fixo para o teto.

— Estou na fossa — disse Gisele.

O quarto estava bagunçado como sempre. Revistas espalhadas pelo chão, discos, roupas. Logo ao entrar, pisou no desenho de uma mulher nua, descabelada e de óculos escuros, que fumava dentro de uma banheira e batia a cinza do cigarro num copo apoiado entre os seios. Acima estava escrito *Chiclete com Banana*.

— Fossa n-e-g-r-a — completou Gisele, em tom dramático.

Arregalou os olhos, apreensiva. Não sabia muito bem o que era fossa, mas, se era negra, devia ser grave. Gisele era a irmã adolescente de Fabíola, que ouvia rock e criava problemas. Ela sentia tanto orgulho de ter uma amiga mais velha! Nem acreditou quando Gisele foi pela primeira vez até sua casa e disse: "Preciso me abrir com alguém." Desde então, tornou-se sua confidente e lhe dava força nos momentos difíceis. Quando Gisele perdeu o campeonato de nilcon no colégio, foi ela quem a consolou no banheiro das meninas. Quando Gisele tomou um porre de conhaque com vermute, foi ela quem a dissuadiu de se jogar da sacada e segurou sua testa enquanto vomitava. E, quando Gisele se depilou com cera pela primeira vez, ela estava ali para segurar sua mão e soprar sua axila. Ela se comovia genuinamente com o seu sofrimento, pois Gisele tinha motivos de verdade para sofrer.

A menina ajeitou-se no chão, ao lado da cama, e Gisele lhe explicou que estava na fossa porque queria liberdade. E uma mobilete, porque bicicleta era coisa de criança. E roupas pretas, porque só a idiota da Fabíola gostava daqueles vestidos de florzinha ridículos que a mãe comprava. E ir às festas de sábado à noite, porque todas as suas amigas iam, todas, menos ela. E colar pôsteres de bandas de rock na parede do quarto, porque o quarto era d-e-l-a. E namorar o Udo, porque o Udo era lindo e alto e loiro e maravilhoso e tocava guitarra. Mas sua mãe, que tinha nome de escrava e cara de leão de chácara, não deixava. Dona Izaura era uma fera. Governava a família com mão de ferro e podia ser tão violenta quando contrariada que ninguém se atrevia a enfrentá-la, nem mesmo o marido. Fabíola era ainda uma criança, ansiosa por agradar e, por medo, disposta a obedecer. Somente Gisele, no auge da adolescência, era capaz de uma insubmissão implacável.

— Ela vai ver só — disse Gisele, levantando-se de um salto.

Abriu a porta do guarda-roupa e mirou-se no espelho, apertando os olhos. Descabelou-se o máximo que pôde, colocou uns óculos espelhados de armação vermelha e deu um nó na camiseta, deixando a barriga à mostra. Como o cabelo continuasse arrumado, buscou uma tesoura na gaveta e cortou algumas mechas em volta do rosto. "Bah! Que coragem!", exclamou a menina em pensamento. Em seguida, sacou um LP de dentro de uma capa branca e colocou para tocar, no volume máximo.

Como se subitamente houvessem golpeado a porta de seu esconderijo, a menina sobressaltou-se. Que música era aquela que vinha de tão longe e tão depressa e explodia no sossego da tarde com a estridência de mil sinetas de colégio? Os primeiros acordes cortavam os ouvidos com doçura e urgência, como se quisessem romper um silêncio de séculos. Então uma voz muito grave começou a cantar...

"Tire suas mãos de mim
Eu não pertenço a você"

Atordoada, viu como dona Izaura entrava pela porta aos berros, berros que não podiam ser ouvidos porque a voz que vinha do toca-discos era mais potente. Num breve instante de humilhação, dona Izaura era apenas uma boca contraída que não emitia decibéis suficientes. Gisele a ignorava, de pé sobre a cama, com o punho direito cerrado, cantando em um microfone imaginário. De repente, virou-se e apontou o dedo em direção à mãe.

"Eu posso estar sozinho
Mas eu sei muito bem aonde estou!
Você pode até duvidar
Acho que isso não é amooor..."

A música ainda estava dizendo "amor" quando dona Izaura arrancou o LP do toca-discos e, sem hesitar, esbofeteou o rosto de Gisele. A adolescente gritava, chorava, dizia "Eu te odeio! Eu te odeio!", mas cinco minutos depois a confusão já havia passado, e a menina estava paralisada em um canto do quarto assistindo à adolescente chorar de raiva e desgosto. Entre soluços inconformados, Gisele juntou o LP que a mãe tinha jogado no chão, limpou cuidadosamente com o lençol e foi até o toca-discos. A menina sentiu um frio na barriga. Apenas conseguiu dizer "Gisele, não..." antes que ela colocasse de novo a agulha sobre o disco, na primeira faixa.

Para seu alívio, a música começou a tocar num volume razoável, e Gisele arrastou-se de volta à cama e à fossa, com o rosto vermelho, pingando grossas lágrimas no travesseiro, gemendo e cantando, *Não é me dominando assim... que você vai me entender...* Aproximou-se e acariciou com a pequena mão a testa franzida da adolescente, que, alheia, continuava a cantar: *Será só imaginação? Será que nada vai acontecer?* A cada dois minutos e meio, Gisele levantava e colocava a música outra vez, e a menina, sem formular ainda a ideia, sentiu que ela já era um pouco sua.

    Deitou-se no chão. Não sabia o que fazer com aquela violência abrupta. Não sabia, ainda, formular. As coisas todas empurravam-na com pressa, a música crescia rápido até um *eu e você*, lágrimas nasciam de outras lágrimas, perguntas saíam de dentro das perguntas. *Brigar pra quê? Quem é que vai nos proteger?* Em que momento a mãe se tornava inimigo e o eu te amo virava eu te odeio e o pensamento virava voz e a criança ouvia rock e vibrava inteira e passava a ocupar um espaço na própria vibração do mundo. E por que ali, exatamente ali onde a vida estava, estava também o desamparo. As profecias cheias de ansiedade da música. Acordar jovem depois de uma longa infância. Pertencer a um destino comum e inevitável. Ficar acordada, perdida entre monstros, tentando salvar o próprio coração. Um arrepio lhe percorreu os braços: tudo era tão terrivelmente importante! Levantou-se, de súbito, como se tivesse pressa. A música subia mais uma vez em direção ao fim. *Será que é tudo isso em vão? Será que vamos conseguir vencer?*

    Desceu as escadas devagar, com o cuidado de não perturbar dona Izaura, que agora estava sentada no conforto de sua sala, diante de um ventilador, fazendo crochê. A menina tentou sorrir mas não conseguiu. Dona Izaura era a mulher mais assustadora do mundo. Cruzou a sala com a sutileza de um gato e espiou a TV ligada: estava passando *Os caça-fantasmas*! Em seguida, olhou-se no espelho pendurado na parede. O rabo de cavalo pendia para um lado, o vestido amarelo tinha manchas de amora, e o rosto estava queimado do sol. Ninguém acreditaria que ela havia passado a tarde fazendo tricô.

    Fechou a porta sem fazer ruído, colocou os tênis e correu em direção ao portão. Lá fora, tudo continuava igual — silêncio e janelas fechadas, calor terrível, nenhum vento. Mas algo estava diferente. Era de onde a música vinha. Era onde ela não queria esquecer. Não podia, nunca, esquecer. Um tremendo desassossego a invadiu. Quis voltar, dizer alguma coisa para Gisele, mas o quê? Queria salvá-la, salvar a si mesma, libertar todos os jovens oprimidos, todas as crianças que eram obrigadas a comer, dormir, beijar e tricotar.

Precisava urgentemente fazer algo.

E sabia o que era.

Crescer.

Ainda é cedo

Nereu Afonso

Nesse mesmo quarto de Montreuil, numa noite de inverno com sólidos -11°C lá fora, nessa mesma cama aqui à minha direita coberta pela mesma colcha fúcsia que ainda hoje se esparrama até o pé dessa mesinha onde agora escrevo sozinho, estávamos ela e eu juntos, deitados lado a lado, esculpidos nas cobertas e respirando em uníssono sob a calefação e a escuridão do cômodo quando, do nada, de supetão, ela afastou o lençol e ainda fitando o teto me perguntou do que valia eu um dia ter deixado São Paulo — Aquele cimento burro e lúgubre!, ela disse — e ter voado hemisfério acima por horas e horas para finalmente me fixar entre a pedra viva, o ar culto, os plátanos e as castanhas desse lindo prediozinho francês se o medo do amor — O medo de amar!, ela disse — continuava sendo de longe a coisa mais poderosa, senão a única, com seus mistérios e pestes, que insistia em me perseguir?

 Lembro-me de que a pergunta saiu depois de um enorme tempo morto, tempo suficiente para que eu, de bruços ao lado dela, arriscasse legitimar um fingido e pesadíssimo sono que a engambelaria e que me livraria do encargo da resposta. Tudo isso, é claro, se ela fosse besta e não pressentisse o atrevimento da minha cilada. Mas ela não era besta. Estava apenas desolada. Via seus planos anulados pela minha incapacidade de levar a cabo algo que, ainda em São Paulo, intelectualmente tão bem orquestramos, a saber, que chamaríamos de amor a prática de um exercício refinado e sutil de conhecimento do outro, a partir do desejo pelo outro, da inapreensibilidade do outro e que blá-blá-blá, simplesmente agora, na tão sonhada felicidade francesa, não estava dando certo. E se não dava certo, ela sabia, era por causa do extremo egoísmo de um, do extremo apego do outro, da extrema incongruência dos desejos de ambos ou fatalmente por qualquer outro lugar-comum que de frente ou de soslaio nos bloqueava a rota e o rumo dos augustos sótãos de nossos sentimentos, onde, sim, mereceríamos chafurdar um bocado se quiséssemos evitar, ou pelo menos adiar, o colapso da nossa história... história que ainda nem havia visto realmente a luz do dia e já mergulhara no último grão do último abismo em circulação. Era desse apocalipse que ela tencionava debandar quando me impôs sua pergunta, à qual respondi, como tantas outras vezes, com um ronquinho mal simulado. Mas ela realmente não era besta. Em vez de me achincalhar, torceu-se inteira para engolir a injúria que lhe subiu à goela, deixou passar um tempo, acendeu o abajur, virou o rosto em minha direção e, como quem fornece luz aos dependentes de sombra, repetiu a questão acrescentando dessa vez um suave Pra que tanto medo, cara?. E como minha reação à sua nova inquisição foi, num primeiro momento, mostrada apenas pelo giro do meu corpo na cama e, num segundo momento, por um longo e dissimulado Hummmm, ela não se conteve. Queixosa, arrancou-se do que restava das cobertas, saltou dali um tanto abrutalhada e, menina só de pulôver e meias, desembestou a viravoltar seus passos pelo assoalho do quarto até encontrar e começar a fazer a mala. Eu, coçando os olhos, fingi não compreender o porquê de toda aquela soberba. Eram blusas, saias, brincos, botas, tamancos e ela indo embora. Lá pelas tantas, incapaz de triunfar e triturar sua própria ansiedade, ela parou, vasculhou o maço e se encostou contra a parede para acender a porra do Marlboro cuja fumaça, naja peçonhenta, abandonava-nos pela frestinha da janela para se fundir ao oxigênio gelado e noturno da rua. Enquanto isso, eu — o menino para quem o cigarro, a fumaça (e quem sabe a coragem) se tornariam hábitos sérios e experimentáveis somente muito tempo depois, quando nada mais me impedia de me habituar às mais atrozes porcarias — decidi que a melhor coisa a fazer ali no quarto sob a colcha, enquanto torcia para ela desistir da resposta, era tentar desviar o silêncio dizendo-lhe: Ainda é cedo, né? Mas ao ouvir isso ela percebeu que de duas uma: ou eu estava tentando encobrir atrás da banalidade daquela frase a minha vontade de me entocar ainda mais, ou era a mais profunda cólera que, inábil, eu pretendia ocultar. De qualquer maneira, era fuga pura. E a essa altura, o quê?, mais um incômodo partilhado: eu também sabia que ela já sabia que o não dito era o terreno por onde eu navegava, que o pudor fingido da situação, meu rosto virado, inadequado, e a esperança minha de uma tragada dela vir seguida por um *deixa pra lá* trariam tão somente mais uma pedrinha aos sedimentos amorosos que há tempos eu vinha soterrando em camadas e camadas de indiferença e silêncio. Eu já sabia também, tacitamente, que tamanha camuflagem, no fundo, me traria paz. Paz covarde, ela diria. Mas paz assim mesmo, eu já me convencera.

    A essa altura o alvorecer já roçara na janela. A neve lá fora forrava o vazio do pátio. Ela apagou mais um cigarro. As lâminas e os limbos das folhas, últimos vestígios do outono, apodreciam de vez sob a cândida desilusão do inverno. A timidez da manhã tornava insuspeito seu gesto sinistro: ela voltara à mala. Diante de minha quase quietude, exilada em suas roupas e objetos pessoais, ela varria com o olhar o resto do ambiente, a cômoda, o tapetinho colorido, a arara com os casacos que sobraram, tudo ainda tão ordinário e familiar e ao mesmo tempo tudo já tão ermo, anacrônico, de luto. Para ela, retumbava a hora do chega — do basta! — a alguém que estava ali vivo e presente a dois passos dela, centrado e isolado numa cama ptolomaica, dali não sabendo, não podendo, não querendo sair. Para ela, que tanto me ensinou, era hora de me ensinar a jogar com as cartas abertas, viradas para cima, numa última tentativa de me fazer exorcizar pela linguagem ou pelos poros a catástrofe da minha inércia. Ela tentou, interrompeu o movimento do zíper que fechava a mala, mirou meu cenho e, na esperança de reanimar alguma célula menos moribunda perdida em meus lençóis, sacou mais uma vez seu palavreado, seu único e derradeiro gesto, e me disse: Vamos dar um tempo. Mas, engraçado — interrogação? ordem? —, na ocasião não percebi que faltava lâmina em suas palavras. Na ocasião não percebi que sua frase saiu abafada na mensagem, revelando mais o que articulava do que o que propriamente queria dizer; não percebi que, embrulhado na hostilidade, aparecia seu afã em me ajudar (nos ajudar) a nos escafeder daquele túnel que agora nos engolia e tinha por único fim o deslustre da paixão. Bastaria ouvi-la para ter certeza de que o amor dura no desarranjo: Eu caio sete vezes e me levanto oito, ela outrora brincava. Bastaria ouvi-la. Mas eu, dono de uma tremenda falta de visão (ou de colhão) para localizar e desarmar freios e melindres; eu sempre travado sob as cobertas — relevo fúcsia, morno e imóvel —, eu sempre anulando qualquer diálogo, rasgando qualquer sonho de ato ou capítulo seguinte, eu sempre sério, patético e atônito ante a isca do medo, medo dos afetos, do abandono, da doença, do acidente, do suicídio (meus preciosos recursos de escape, meus preciosos demônios: *Meu nome é Legião!*), eu, sempre canastrão, não encontrei nada menos falso do que me fincar na cama, puxar a colcha, virar de lado, fechar os olhos e lhe zunir o meu mais pérfido, o meu mais truculento, o meu mais sonoro silêncio.

Ao que ela, encapotada e de mala em punho, respondeu:
— Tchau!

Por enquanto

Renata Belmonte

Ela sempre foi uma menina sem Deus, escutei, ainda naquela noite, alguém comentar. E, não, nada fiz para desmentir tal horrível afirmação. Continuei caminhando no mais absoluto silêncio. Nem mesmo me virei para trás. Na ocasião, preferi não permitir um rosto para essa frase tão ofensiva. Pensava que palavras poderiam ser mais facilmente esquecidas do que pessoas. Ledo engano. *Uma menina sem Deus*. Eu. Sinto-me desta maneira aonde quer que vá.

Não. Eu não o perdi apenas ontem. Eu o perdi hoje, amanhã e em todos os dias que me restarem. Esta é uma dor que não tem idade. Esta é uma dor que jamais irá passar.

Sim. Amar deste jeito alguém que já morreu é realmente muito cômodo. Desta forma, pode-se ignorar certas verdades sem nenhum tipo de confronto.

Ela está sentada diante de mim. Nervosa, movimenta as mãos sem parar, mas seus gestos são inócuos, nada comunicam, têm como único objetivo aplacar a enorme distância que existe entre nós. Não, eu não estou escutando nada do que ela diz, tenho medo de voltar a acreditar nas suas promessas, longos foram os anos de decepção. Demorei muito tempo para aceitar que certas pessoas nunca irão mudar, precisou que o pior acontecesse para que eu compreendesse que ela tinha feito sua escolha de maneira irreversível. Sim, é verdade: no passado, eu preferia acreditar que ela era omissa porque não sabia como proceder. Sempre a escutei comentar que a vida pode ser um drama ou uma comédia e que isso depende da opção de cada indivíduo. Hoje, adulta, constato: não concordo com nada disso. Naquela casa, sorrisos e lágrimas eram proporcionais, mas nossos momentos jamais foram felizes. Até mesmo as minhas eventuais gargalhadas tinham como objetivo aliviar um certo incômodo que nos era tão familiar. Em algumas noites, ainda escuto os sussurros, escondo-me embaixo das cobertas, tenho medo de um monstro invisível. Quando me lembro disso, sinto vontade de chorar, penso em contar tudo de novo para ela, mas contenho meu impulso. Repito para mim mesma que certas pessoas nunca irão mudar e que tal confissão de nada adiantaria. Além do mais, seu aspecto frágil também me impede de levar meu intuito adiante. Os anos não foram gentis com ela, observo seu rosto com incredulidade, rugas aniquilaram toda a beleza que ela possuía tempos atrás. Na mesa, vejo o bolo cheio de velinhas. Apago-as sem vontade. Perto dela, serei, eternamente, a menina sem paz.

Não tem explicação. O amor é assim: ele existe ou não.

No dia em que meu pai morreu chovia muito. E eu estava sentada diante de uma janela quando minha mãe se aproximou e me deu a dolorosa notícia. Não, eu não me lembro como reagi nesse momento. Acredito que tenha chorado e gritado muito, mas não me recordo com precisão. Afinal, já faz tempo que isso aconteceu e é bem provável que, na ocasião, eu não tenha nem compreendido o que ela tanto tentava me dizer. Se chorei ou gritei foi porque minha mãe estava devastada e eu a amava de tal forma que não aceitava vê-la nessa situação. Aos quatro anos de idade, ninguém possui ainda a verdadeira noção do que é a perda de um pai. Somente durante a adolescência, quando não tive a quem recorrer nos piores dias da minha vida, entendi a importância desse ser fundamental. Desde então, sinto bastante a sua falta, rezo para ele com frequência. Meu pai tinha cabelos bonitos e olhos vibrantes, dizem as fotografias. E, apesar do meu esforço cotidiano para tentar reconstruir sua existência, quase nada dele sobrou na minha memória. É realmente bastante estranha a forma como se dá a escolha daquilo que iremos guardar para sempre como uma recordação. Certa vez, li que, ao contrário do que se pode pensar, o esquecimento possui como função primordial colocar a lembrança num lugar sagrado, intocável, mítico. Isso porque, segundo tal teoria, tudo que é inesquecível foi apagado das instâncias ordinárias do pensamento e tornou-se tão especial quanto fantasioso. Gosto de pensar que essa tese está correta, pois ela retira de mim um pouco da tristeza que sinto por não me lembrar do meu pai. É mesmo possível que, inconscientemente, eu recuse a sua recordação porque ela acabaria por destruir todo o encanto que atribuo a sua figura. Sim, porque esse pai de que não me lembro é a única pessoa a quem ainda posso dirigir o título de família. Nunca pensei que fosse dizer isso, mas, depois de tudo que aconteceu, a minha relação com minha mãe também morreu. Num passado distante, cheguei a achar que nosso vínculo era para sempre. Mal eu sabia que tudo que acreditamos ser pra sempre sempre acaba. Bem que eu gostaria de acreditar que o fim da minha vida será como o dos contos de fada. Bem que eu gostaria de acreditar que existe um Deus que olha por mim e que me protege de todo mal que os outros possam me causar. Escuto trovões, descubro que irá cair um temporal, penso em meu pai. No dia de sua morte chovia. Volto a ter quatro anos, olho para o céu, minha mãe me avisa que, agora, esse lugar é onde meu pai irá morar. Apesar da minha pouca idade, questiono: como isso pode acontecer se não vejo nenhuma casinha lá? Sou pequena, mas já sei que o céu é apenas o céu. Basta que alguém olhe para ele somente uma vez para constatar isso.

Algumas coisas são muito simples, mas gostamos de inventar metáforas, pois acreditamos que certas palavras podem causar muita dor. *Seu papai está no céu. Seu papai está no céu com o Papai do Céu.* Meu pai morreu. Ninguém sabe se meu pai está com Deus. Sinto falta de meu pai. Sinto falta de Deus. Hoje irá chover. Que eu saiba, ninguém morreu, mas é meu aniversário. Ela envelheceu. Ela está sentada diante de mim. Realmente, não sei se tenho algo para comemorar.

Foi tudo sua culpa. Eu não acredito em nenhuma de suas palavras. Você é a única responsável pelo que ocorreu.

Já fazia muito tempo que aquilo acontecia. E, depois que eu contei para ela, nossa relação se tornou bastante difícil. Mudaram as estações, tudo mudou... Se, na minha infância, éramos amorosas uma com a outra, na adolescência parecíamos inimigas. Alguns podem argumentar que, nessa fase, é natural essa competição entre mãe e filha. Mas tudo isso era muito terrível para mim. Todos os dias, ela pontuava meus defeitos com grande satisfação. Escutei, por diversas vezes, que o meu jeito tímido era sinal de fraqueza e que eu não tinha nenhuma beleza, pois havia puxado a quase tudo da família do meu pai. Ora, é claro que, às vezes, ela demonstrava algum carinho, mas tais momentos eram muito raros, escassos. Também é verdade que eu a magoei com frases duras, mas sempre reconhecia meu erro e apenas agia assim para poder me defender. Regras absurdas que ela me impunha faziam com que aquela casa parecesse um quartel. Mas toda a nossa suposta discórdia possuía um obscuro motivo. Não podíamos suportar o silêncio. Precisávamos de uma quota diária de gritos. Somente dessa forma conseguíamos fingir ignorar a real razão de nossos atritos.

Não. Eu não o perdi apenas ontem. Eu o perdi hoje, amanhã e em todos os dias que me restarem. Esta é uma dor que não tem idade. Esta é uma dor que jamais irá passar.

Ela está sentada diante de mim. Nervosa, movimenta as mãos sem parar, mas seus gestos são inócuos, nada comunicam, têm como único objetivo aplacar a enorme distância que existe entre nós. Não, eu não estou escutando nada do que ela diz, tenho medo de voltar a acreditar nas suas promessas, longos foram os anos de decepção. Demorei muito tempo para aceitar que certas pessoas nunca irão mudar; precisou que o pior acontecesse para que eu compreendesse que ela tinha feito sua escolha de maneira irreversível. Ainda no fim daquela noite, eu cheguei a lhe perguntar: *Como você pode amar mais esse homem do que eu?* Ela apenas respondeu: *Não tem explicação. O amor é assim: ele existe ou não.*

No dia em que meu pai morreu chovia muito. Descubro que irá cair um temporal, trovões insistem em fazer barulho. Que eu saiba, ninguém morreu, mas é meu aniversário. Hoje, completo trinta e dois anos e, pela primeira vez, fico mais velha do que meu pai. Sofro. Não acho natural isso. Tenho medo de envelhecer sozinha. Na mesa, vejo um bolo cheio de velinhas. Por coincidência, também é o meu último dia aqui. Doze anos presa por me defender de um homem que, todas as noites, ia ao meu quarto me machucar. Realmente, não acho este mundo justo e não sei se tenho o que comemorar. E, mesmo com tantos motivos para deixar tudo como está, vendo-a tão nervosa, não me contenho mais e pergunto:

— Mãe, o que afinal você veio fazer aqui?

No caminho de volta para casa, olho para o céu. Por enquanto, não chove. Sim, o céu continua sendo apenas o céu. Não vejo meu pai. Não vejo Deus. Mas eu sei que alguma coisa aconteceu. Ela está ao meu lado. E está tudo assim tão diferente.

Acrilic on canvas

Henrique Rodrigues

> "Brinco com as palavras como se usasse as cores e as misturasse ainda na paleta. Mas em verdade direi que nenhum desenho ou pintura teria dito, por obras de minhas mãos, o que até este preciso instante fui capaz de escrever, e atrever."
>
> José Saramago, *Manual de pintura e caligrafia*

Era sempre, sempre a mesma ironia dos nossos próximos: como um sujeito cego foi se dar com uma pintora? Ou o que vinha logo em seguida, quando simulava sua frustração por estar diante de alguém cuja percepção limitada do mundo não permitiria sorver a sua mais expressiva manifestação de transcendência, e então eu não me continha e esmurrava o vento, derrubando o que estivesse ao alcance dos meus braços desnorteados...

Por algum tempo senti culpa, Elisa, principalmente nas primeiras vezes em que ouvi os comentários sobre as suas obras, como imprimiu tal efeito cromático ou aplicou determinada técnica ao controlar a tonalidade das sombras.

Mas depois da segunda ou terceira discussão é que descobri o porquê de estarmos juntos: eu era a única coisa que você não poderia capturar. Ainda que me retratasse em telas, na sua ânsia de dar conta de todos os objetos visíveis e invisíveis, havia um fragmento do mundo do qual você estaria para sempre impedida de acessar, que eram os meus olhos.

Acredito, então, que não tenha conseguido satisfazer o seu desejo fundamentalmente visual comigo. Daí que cada dia tenha se tornado uma nova tentativa de atingir esse objetivo — terei sido não mais que uma meta? —, de maneira que o que tenhamos entendido por amor não passasse de um motivo convertido em força produtiva.

Era isso mesmo o que você sempre quis e não conseguiu com os anteriores? Ter alguém que pudesse exibir para os amigos como uma instalação? Que teorias desenvolviam quando você me levava para as exposições, naqueles instantes em que me deixava só e enquanto à minha volta todos apuravam o olhar e o espírito para colher o sentimento hipócrita da arte? Julgavam que, ao não distinguir as cores e a profundidade, eu poderia então conter em mim todo o mistério inimaginável?

Então deixa eu te dizer, Elisa: seu Chagall, sua Tarsila, seu Volpi nunca me disseram nada mais que a sua inelutável ânsia de me fazer de títere. Você jamais se recusou a encher a boca e explodir em mim com a soberba contemporânea e feminista de estar sempre por cima, de controlar o relacionamento com mão firme. E mesmo sem me conduzir pelo braço, coisa que sempre me irritou, você era a senhora de todos os meus passos E nasci para não ter direção; acredito que não tenha mesmo um horizonte me esperando, porque nunca o vi, e tampouco quero imaginá-lo. Neste momento só me interessa aquilo em que possa tropeçar para entender o meu rumo, do qual você já não faz parte.

É que desde a primeira vez tive essa impressão. Quando você chegou ao Instituto com o "projeto social" de ensinar pintura aos "deficientes visuais", o comentário inicial era que se tratava de mais uma ação de solidariedade, como executar uma cota de bondade para colher e amontoar no próprio ego o retorno como uma parcela de gratidão. Feito aquelas pessoas que gostam mais de dar presentes do que receber.

    Quando me conduziram até você, eu não quis, derrubei as tintas. Queria que eu te pintasse flores, um arco-íris? Que eu me desenhasse sem nunca ter visto o próprio rosto? Queria que eu representasse os meus pesadelos sem forma? Será que nenhum dos outros notou, enquanto tentavam me acalmar antes de me chamarem de amargo e fechado, que estávamos apenas sendo usados pela sua experiência macabra? Sua insistência em me convencer a fazer parte do seu projeto foi me englobando como uma cobra silenciosa, premindo e estalando as minhas vértebras, enquanto segurava as minhas mãos e depois as conduzia até o seu rosto, até a sua boca, até o seu sexo, até a sua vida.

    E nessa opacidade, Elisa, é que você descansava do seu dia a dia colorido, como se o nosso instante de amor te libertasse do seu mundo arrumadinho feito de espelhos.

    Mas nunca te revelei que no início eu sentia pena dos seus esforços, e que me abri para a sua força sedutora por compaixão. Nunca soube me expressar bem fisicamente, mas tentei a todo custo omitir que também, à medida que convivíamos e eu decorava todo o espaço da sua casa, eu te transmitia um pouco da minha cegueira, Elisa. Foi essa a nossa principal troca.

    Até você, eu nunca havia estado com uma mulher que não fosse cega. Tive vergonha, de início, violado na minha capa invisível de isolamento. Mesmo quando você dizia apagar todas as luzes e estarmos nas mesmas condições, acompanhados pelos toques e aromas e a natureza cheia de desejo, e quando você repetia o meu nome enquanto eu te invadia com a fúria do meu corpo. Aprendi, de fato, a te preencher com a minha escuridão.

    Mas às vezes, Elisa, a vida requer mais do que podemos fornecer. E por isso eu me dei conta de que não era suficiente para o que você pretendia, e vice-versa. Não durou mais que alguns meses o clichê de que nos complementávamos. Não se desfez em mim a desconfiança — totalmente infundada, eu sei que você dirá agora — de que poderia me trair a qualquer instante com um dos seus amiguinhos descolados e "artistas", inclusive na perversão maliciosa de trocar olhares e toques íntimos mesmo quando eu estivesse presente. Não bastou para mim ser o seu fetiche, a sua cerca viva, enquanto me mostrava para os outros como uma outra obra de arte sua. Dava para sentir que, enquanto conversávamos e eu me esforçava para socialmente parecer natural ao seu grupo, alguns deles punham as mãos no queixo e refletiam com um cínico hummm, interessante.

Mas era confortável para você, Elisa. E enquanto eu te escurecia, você me domesticava. E me tomava como o seu inconsciente, seu refluxo, como um refugiado confidente que morasse resignado naquele terreno nefando do seu comportamento: seu Tirésias inconfesso.

Foi mais ou menos pelo nosso primeiro aniversário que me dei conta do peso gradual das nossas farpas. Você sabe bem contar o valor de cada espaço, de cada ponto, de cada sinuosidade, Elisa, mas às vezes parecia se esquecer de que eu posso mensurar o silêncio, e daí, no lapso mínimo de um intervalo, é que largava mão dos cuidados necessários. E vi que medrava no seu instante de retenção a nódoa ingrata, o travessão que vai denunciar a fala artificial — sim (você respondeu hesitando no segundo mais ralo que já houve no meu tempo), eu também te amo... E as reticências eram obviamente do seu pensamento antes de saírem enfeitadas pela sua boca.

A sua mãe classuda me evitava sempre por trás da simpatia. Minha atividade contumaz de ouvir rádio não me trancava para o que era dito ao pé do ouvido no cômodo ao lado:

— Não tem vergonha, Elisa? Que futuro você tem com um cego?

— Mãe!

— É isso mesmo. Depois do cantorzinho de boate, agora é isso que você quer pra sua vida? E se você engravidar, Elisa? Já pensou nessa desgraça?

Você não precisou dizer que se cuidava, Elisa, mas não sei se deu esse tipo de satisfação íntima pra ela, pois aumentei o volume para me esconder. Quando falou comigo em seguida, baixei a cabeça no rádio e fingi não te ouvir, e você sequer insistiu.

Mas não te acuso de negligenciar qualquer defesa. Tampouco você optou por me tratar com o diferencial da compaixão, com o manto protetor de uma vítima inválida. Por outro lado, Elisa, jamais te ouvi assumir com a satisfação daqueles que se aproximam da completude: você é o meu homem.

O cuidado que tinha com as minhas roupas, ao me pentear depois do banho, a barba que fazia questão de aparar com regularidade, o alimento cozido com a intenção de me seduzir antes pelo olfato. Os passeios de mãos dadas buscando a maior variedade de temperaturas e ambientes. As raras porém vívidas ocasiões do sexo em lugares inusitados. As muitas horas bêbadas de canto sem que nos importássemos em incomodar os vizinhos. O catálogo de sons que me fez arquivar no pensamento para que tivesse alguma autonomia nas suas ausências de trabalho.

Alguma, Elisa. Essa era toda a diferença.

Porque justamente nesse vão é que foi se formando uma poça envenenada, uma interseção de hipocrisia entre o que você dizia sentir e o que pregava aos quatro cantos. Na nossa casa — na sua casa, você cuspiu certa vez —, minhas atividades se reduziram a passatempos, música e outras distrações lúdicas, visto que me recusava a descobrir o seu universo da pintura. Quando me soube um inútil, que produzia menos que no Instituto (e lá com todos os entraves de serviço público), já estava convertido no seu bibelô, no seu videogame, na sua cria, que você esperava ir lamber seus pés tão logo ouvisse o barulho das chaves.

E era isso: eu sentia o seu cheiro, Elisa. E fui adestrado de tal forma que rastejava do meu canto até a soleira da porta e abanava a cabeça sorrindo e aliviado com a sua presença, faltando apenas mijar de felicidade pelo seu corpo fedendo a rua.

Por isso, só posso concluir que não foi minha condição que estragou tudo. Foi a sua incapacidade de me pintar, e de verdadeiramente deixar eu te ler com meu tato, com o meu sonho amorfo, com o meu braile tão limítrofe...

E agora já é tarde e te espero, Elisa. Você não chegou às escondidas para espiar meu relato, pois eu saberia... E, como preciso dar sentido ao tempo e esperar que alguém de fato se aproxime dos meus dias vagarosos, só me resta espargir a lembrança que rascunho da sua presença no fundo da minha insônia diária.

E era sempre. Era uma vez sempre. Pelo silêncio que aumenta, já estão apagando todas as luzes aqui do Instituto, onde você nunca apareceu ainda.

Eduardo e Mônica

Rosana Caiado Ferreira

Mônica já tinha ameaçado duas vezes, mas Eduardo não tinha levado a sério. Na terceira, falou manso, às oito da manhã, e Eduardo percebeu que era pra valer. Saiu de casa antes do almoço, com a roupa do corpo — calça jeans e camiseta de malha. Deixou o utilitário, os gêmeos, a segunda das três parcelas da geladeira que cospe gelo e uma dúzia de fotos da última viagem rasgadas ao meio sobre os lençóis de fios de seda, enquanto Mônica penteava o cabelo diante do reflexo que o espelho do banheiro demoraria a esquecer — Mônica escovando os dentes de Eduardo, Eduardo beijando Mônica com pasta, Mônica dando gargalhadas de olhar para o teto, as crianças batendo na porta.

Embora Mônica tivesse tomado as rédeas do fim, o desejo da separação era compartilhado. Mas Eduardo não podia imaginar que nem sua mãe, nem seu melhor amigo, nem sua mulher (ex), não fosse segurá-lo pelo braço e dizer "Não pode! Já pro castigo!".

Uma espiral no peito de Mônica doeu como se alguém tivesse aberto o ralo do amor. Caiu um temporal que lavou os muros da casa que nunca mais será a mesma, ainda que as janelas, as panelas e os tapetes se mantenham iguais — perderam o sentido. Sofrer uma separação é viver todas outra vez.

Mônica passou um barbante pelas pilhas de fotos separadas por temas (México, Fernando de Noronha, Jeri, aniversários, outras) e colocou dentro de uma caixa, junto com os cartões de aniversário e a aliança de ouro branco — Eduardo tirou a dele assim que soube que Mônica estava sem a dela. Subiu a escada de alumínio e empurrou a caixa na parte de cima do armário, no fundo — esconderijo preferido do passado. Demorou dois degraus para entender que as lembranças independem de provas e, como os gêmeos estavam na natação, se permitiu algumas lágrimas sentada ao pé da escada de alumínio, pela certeza de já ter vivido o grande amor de sua vida. A partir de então seriam apenas histórias circunstanciais, sem a entrega a que havia se acostumado.

Eduardo explicava para Mônica coisas sobre o amor, a saudade, a família e o final feliz. "Então, vamos namorar?" E Mônica riu e quis saber se ele estava pedindo anestesia. "Por favor." Ela preferiu experimentar a dor de uma só vez, como se fosse esse o jeito mais rápido de convalescer.

Eduardo foi para uma festa que durou quatro meses. Tomou drogas de diversas cores, álcoois de preços variados e teve pesadelos de acordar suado — sonhava que tinha levado um caldo e não conseguia puxar ar. A cada porre, chamava por Mônica, ora com a cabeça enterrada na mesa, ora com a boca cerrada contra o telefone celular. Algumas vezes, com a língua enfiada em uma orelha qualquer. E seu corpo, que já tinha tremido de paixão e ansiedade, então tremia de raiva, sentimento próprio dos apaixonados.

Quando Eduardo passou em casa para buscar alguns de seus pertences, sua barba estava cheia e as crianças, nas aulinhas de inglês. Eduardo e Mônica fizeram no sofá da sala o sexo mais triste de que se tem notícia. Eduardo gozou e disse "eu te amo". Mônica chorou, mas secou depressa a lágrima em uma almofada. E os dois se despediram com pesar, telefonaram para os amigos, tomaram comprimidos e pediram clemência ao mesmo tempo, mas não ficaram sabendo.

Eduardo abria os olhos, mas não queria se levantar. Passava a mão no lado direito da cama para ver se Mônica estava lá. Eduardo fantasiava que ela chegaria no meio da noite, se enfiaria debaixo dos lençóis e daria um beijo de bom-dia, que significaria que ela tinha voltado para ficar.

Mônica fingia que estava tudo bem, enquanto diluía a dor no banheiro e dava descarga. Emagreceu cinco quilos e perdeu as roupas que Eduardo tinha lhe dado de presente — uma das tentativas silenciosas e inofensivas de se manter perto dele. Chegava em casa, subia a escada de alumínio, abria a caixa e vestia a aliança por alguns minutos, só para matar a saudade. Em outro canto da cidade, Eduardo via *Acossados* pela terceira vez na semana.

No cartório, Eduardo olhava para baixo quando Mônica, de ray-ban, perguntou: "Como está seu avô?" Eduardo não podia responder ou começaria a chorar. Mônica disse: "Melhor chorar agora do que na frente do escrivão." Eduardo não queria chegar com o nariz vermelho. E chorar ali não significaria não chorar lá, porque sempre que achava que tinha acabado, que já tinha chorado tudo, descobria que tinha mais para chorar.

Eduardo relatou os meses anteriores em cinco minutos e transpareceu o nervosismo da hora. Mônica se calou. As testemunhas testemunharam. O advogado tentou apressar o que Eduardo poderia adiar por pelo menos trinta anos, mas Mônica tratou de providenciar o quanto antes. Arrependeu-se. É duro se separar quando o problema nunca foi falta de amor.

O escrivão leu os termos do divórcio enquanto batucava o lápis na mesa num ritmo conhecido a todos os presentes. Três homens na baia ao lado falaram alto sobre o pagode da noite anterior. O advogado olhou para o relógio e pediu que conferissem os números da documentação e o mundo provou que não para só porque Eduardo e Mônica estão se divorciando.

A separação e o divórcio, opostos da paixão, pedem gerúndio: demoram meses, talvez anos. Já a paixão não admite: quando se vê, já foi.

Eduardo encostou o corpo na parede para não desfalecer enquanto Mônica deixou uma lágrima escorrer por baixo do ray-ban, como se os dois estivessem em um velório de pessoas vivas.

Esperou-se o momento em que o escrivão, como um padre, perguntaria se alguém tinha alguma coisa contra aquele divórcio — fale agora ou cale-se para sempre. E um carinha do cursinho do Eduardo chutaria a porta do cartório e gritaria que eles não podem se separar, ele completa ela e vice-versa, que nem feijão com arroz. O escrivão mandaria que selassem as pazes em um abraço, que Mônica daria com a força de uma multidão.

Quando o juiz acabou de ler a sentença, Mônica perguntou onde devia assinar. Levantou-se e assinou como quem faz o cheque que paga as compras do mês. Eduardo tentou imitá-la, mas a assinatura saiu tremida. As testemunhas. O advogado. Eduardo foi ao banheiro, onde assoou o nariz vermelho. Eduardo queria tomar um conhaque. Os dois entraram sozinhos no elevador e foram direto para o poço, apesar da lotação de seis pessoas.

Eduardo e Mônica se abraçaram na porta do cartório e ficaram na mesma posição por dez minutos, em pranto profundo. Por vezes, trocaram de lado, para aliviar a dor no pescoço — que em minutos se espalharia por todo o corpo. Eduardo disse: "Você está linda." Depois: "Não me arrependo de ter me casado com você." Mônica queria dizer "Casaria com você outra vez", mas não saiu.

Aos amigos, Mônica disse que era o que tinha de ser feito, que essas coisas acontecem, entre outras besteiras. Sozinha, chorou as lágrimas de uma vida inteira, molhou a gola do vestido e acabou com os lenços de papel da caixa. Eduardo encheu a cara de garotas.

A casa anda bagunçada e as crianças andam cabisbaixas. Do lado de fora, a placa "vende-se". Eduardo toma o dever e não deixa os meninos ganharem no videogame. Mônica pega os filhos nos fins de semana e tem bruxismo às terças e quartas. Eduardo e Mônica sabem que jamais existirá outro amor como o de Eduardo e Mônica, nem mesmo entre Eduardo e Mônica. Nessas férias, vão viajar, mas não um com o outro.

Tempo Perdido

Tatiana Salem Levy

Lúcia certifica-se de que o marido já saiu com o carro antes de pegar a escada e procurar no armário do quarto de empregada, atrás de objetos sem uso, a mala onde guarda a caixa com as fotos e os bilhetes de André.

Pediu folga do trabalho há uma semana, logo depois do telefonema inusitado. Estava saindo de casa, a porta já aberta, quando ouviu o toque que lhe pareceu, desde o início, insistente. Hesitou em voltar, não queria chegar atrasada, mas acabou tirando o aparelho do gancho. Do outro lado da linha, uma voz levemente familiar, embora irreconhecível, perguntou por ela. Em seguida anunciou o veredicto:

— Decidimos enterrar o André.

Enterrar o André? A afirmação ficou ecoando na cabeça de Lúcia feito o vestígio do barulho das ondas depois de uma tarde num barco. Uma única frase, e o tempo deixava de existir, como se os quase quarenta anos que separavam a morte de André daquela manhã, em que ela simplesmente se dirigia ao trabalho, fossem um espaço vazio. Um vácuo entre o tempo passado e o presente, que se uniam na frase pronunciada com firmeza. Lúcia já não tem vinte anos, e quase nada em sua vida, nem em seu corpo, aponta para a jovem que ela foi. Só a frase — só essa frase — podia trazer à tona o que, durante longos anos, ela guardou em segredo.

— Mas, mas... Encontraram o corpo?

O enterro estava marcado para o meio-dia. Foram anos de espera até a família de André conseguir a indenização na justiça. A ausência do corpo, de fotos e de documentos dificultou o processo: nenhuma prova contundente, além da certeza de seus parentes. Muitas provas escondidas, em arquivos fechados a sete chaves. Apesar dos obstáculos, finalmente ele foi considerado desaparecido. O Estado brasileiro assumia a culpa, e a família de André decidia, então, enterrá-lo sem o corpo.

A mala é de couro duro, velha e empoeirada. A última vez que Lúcia viu seu conteúdo foi há vinte e dois anos, quando ela, o marido e o filho se mudaram para o apartamento do Jardim Botânico, onde moram até hoje. Dentro da mala repousa uma caixa azul com bolas brancas, presente de André. Na parte de cima, as fotos, desbotadas, revelam uma Lúcia esbelta, sorridente, diferente da Lúcia de hoje, e um André vigoroso e bonito. Embaixo das fotos, todas as cartas que recebeu dele, os bilhetes, frases de amor em folhas rasgadas. Ela revira tudo, espalha no chão fotos e cartas, sabe que vai encontrar o que procura: um amuleto em forma de olho que André não tirava do pescoço desde o dia em que a avó lhe dera de aniversário. O amuleto que Lúcia carregava naquele dia fatídico, como se o destino, por zombaria, tivesse optado por inverter seus papéis uma única vez. E para sempre.

* * *

Lúcia e André acabam de chegar a uma casa de dois andares, em Jacarepaguá, onde devem ficar por tempo indeterminado. A casa é relativamente grande, mas bem simples e um tanto deteriorada. A tinta branca descasca pelas paredes, e quase não há móveis. Lúcia e André não estão nem um pouco preocupados com isso. São duas as coisas que lhes importam: a revolução e o amor, sem ordem de preferência.

Faz mais de três anos que eles estão nessa luta. Já perderam grandes companheiros, e o cerco aperta a cada dia. Tanto um quanto o outro são muito visados por polícia, cartazes espalhados pela rua e divulgados nos jornais propagam seus rostos. Eles sabem que podem morrer, mas resistem em sair do país, ainda têm esperança. A casa é, de certa forma, um novo começo.

* * *

André e Lúcia se conheceram ainda no colégio, o Pedro II do centro. Os dois tinham quinze anos, e descobriram juntos o amor e a política. Lúcia era uma adolescente politizada; ainda pequena, quando houve o golpe e ela ouvia os pais resmungarem, inconformados, decidiu contribuir para o futuro do país. Primeiro se engajou no grêmio do colégio até que, persuadida por um amigo, se integrou ao partidão. Levou consigo André, que, de início, era apenas um rapaz apaixonado, mas logo se mostrou tão envolvido com as questões políticas quanto ela. Com a dissidência do partido, foram para a ALN, prontos a pegar em armas contra a ditadura.

Armas? Eles às vezes se perguntavam: será a melhor saída? E se formos derrotados? E se morrermos? E se... As perguntas atravessavam a cabeça deles, principalmente nos poucos momentos em que ficavam a sós, na cama, ou num banho mais demorado. Mas o tempo urgia, e, embora o medo teimasse em acompanhá-los, eram obrigados a ignora-lo, tarefa nem tao árdua assim para jovens como eles, que acreditavam ter todo o tempo do mundo.

Debaixo do chuveiro, Lúcia lembra os detalhes de cada momento que viveram juntos. Não segura o choro. Pensa nos abraços apertados de André, que ela recebia com muita alegria, mas também apreensão: Será que se abraçariam na manhã seguinte? Tão jovem, tanta disposição, tanta vontade de lutar, e já o medo da morte. Aos poucos, foram perdendo amigos queridos, as lágrimas tinham de ser apressadas, entre um discurso e uma ação. Aos poucos, as certezas foram perdendo espaço para as dúvidas, mas era preciso prosseguir na luta.

O nome de guerra de Lúcia era Vera; o de André, Carlos. Só se chamavam pelo verdadeiro nome em segredo, e Lúcia agora, enquanto a água morna escorre pelo seu corpo, escuta o sussurro de André em seu ouvido. E ri. Ri e chora ao mesmo tempo. Às vezes queria que a vida tivesse sido diferente: a dor de quem fica é sempre culpa. E viver, depois de tudo, é continuar acreditando, é ver o sol das manhãs tão cinza.

* * *

Hoje passaram o dia sem fazer nada, a casa só para eles, como tem sido há um mês. Do lado de fora, uma tempestade começou há pouco, o barulho das gotas sobre a terra do quintal apaga temporariamente de suas memórias o dia de ontem, em que quase perderam um companheiro na troca de tiros com a polícia. André sobe as escadas atrás de Lúcia, que descansa no quarto. Para na frente da janela e fica observando a chuva. Distante no horizonte, o céu é de um cinza-azulado que logo se tornará negro com o cair da noite.

— Vem cá, meu amor, deita aqui comigo.

André continua em silêncio, o pensamento além das nuvens. Lúcia insiste.

— Vem cá, vem.

André se vira, com um sorriso doce, cúmplice das palavras dela.

— Sim, companheira, um pedido seu é uma ordem.
— Bobo!
— Apago a luz?
— Não, deixa acesa.

— A revolucionária mais temida do Brasil com medo de escuro, até parece uma piada!

— Não tenho medo de escuro...

— Então pra que a luz acesa?

* * *

O olho do amuleto, repousado sobre a cama, observa Lúcia se vestir. Ela tira do armário um vestido preto, presente de Roberto, seu marido. Assusta-se, de repente, com seu próprio gesto. Um sentimento confuso, uma indecisão: ir para o enterro de André com o presente de outro homem? Então não o tinha esperado? O amuleto a olha de forma inquiridora, e ela sente que, de alguma forma, traiu o homem a quem tanto havia jurado.

O vestido preto expande o tempo novamente. Sim, ela teve uma vida. Entre a morte de André e seu enterro, Lúcia fez muitas coisas. Exilou-se no México durante quase dez anos. Foi lá que se formou em Economia, que se casou pela primeira vez, com Gabriel. Foi com Gabriel que teve seu único filho, que acabou sendo criado por Roberto, seu atual marido. Viajou toda a América Central, foi a Cuba inúmeras vezes. Continuou lutando enquanto esteve no México, só desistiu depois de voltar para o Brasil, como se aqui não pudesse mais. Aqui, trabalhou em empresas, deu aula, começou uma vida que antes repudiava, mas que desde então lhe era prazerosa. Já não estava preocupada com grandes mudanças, mas com pequenas alegrias.

Para viver, Lúcia teve de esquecer André. Só o esquecendo poderia ser fiel a seus sonhos de mudar o mundo, de ser feliz, a seu entusiasmo em seguir sempre em frente. "Não temos tempo a perder", a frase de André que passeava pelo seu ouvido. Seria tolice dizer que ele foi o grande amor da vida de Lúcia, mas sem dúvida ao lado de nenhum outro homem ela sonhou tanto, teve tanta esperança. Ao lado de nenhum outro homem ela sentiu o frescor que só um amor jovem pode proporcionar, só um amor sem as marcas da experiência.

    Lúcia nunca esqueceu André. Ele é seu segredo mais íntimo. Há algo que ela nunca contou a ninguém, uma história que nunca se transformou em palavras, e que só o amuleto sabe. Esse amuleto que descansa em sua cama e que a olha de forma inquiridora. Lúcia sente agora o peso do tempo: do tempo em que ela fez tanta coisa, o mesmo tempo em que não fez nada. O amuleto ainda a olha com veemência, como há quarenta anos. É o mesmo peso, a mesma culpa. Lúcia queria que os acontecimentos tivessem sido outros, que não fossem irremediáveis. Lúcia se angustia diante do tempo que já se foi, diante da impossibilidade de agir fora da sucessão dos fatos.

— Quem devia ter morrido era eu, não ele.

Com os cabelos presos em um coque, os olhos levemente pintados, um pouco de blush, Lúcia passa seus pertences de uma bolsa para outra, que ela considera mais conveniente. São os gestos banais que a assustam:

— Estou viva.

Sente as veias salientes, o sangue correndo, acelerado. Já está na porta quando se lembra do amuleto. Volta para pegá-lo e, sem saber por quê, deixa os lábios escorrerem para os lados, num sorriso levemente irônico. O olho na bolsa, o vestido preto, e Lúcia está pronta. Quando fecha a porta de casa, sabe que é, sim, a viúva de André.

* * *

— Hoje faz três meses que a gente tá aqui. Será que não devíamos desistir?

— Desistir?

— É... Às vezes acho que estamos perdendo nosso tempo.

— Você prefere fingir que nada tá acontecendo no país?

— Não.
— Então?
— Mas às vezes eu tenho medo.
— Eu também.
— Muito medo. Medo de cair, medo da tortura, medo de morrer.
— Eu tenho medo de te perder.
— Eu também.
— Se eu cair, você me espera?
— Se você cair, eu também caio.
— Me espera?
— Espero. Você também?
— Também.
— Promete?
— Prometo.

* * *

Chove sem intensidade quando Lúcia chega ao cemitério do Caju. Há mais pessoas do que ela imaginava. Ainda na entrada, reconhece Mateus, primo de André. Eles se abraçam, trocam palavras simples, "Tudo bem?", "O que você tem feito?", como se não se vissem há poucos meses. Na capela, estão todos reunidos em volta do caixão. Lúcia procura por algum conhecido, mas parece não identificar ninguém. Mateus pega Lúcia pela mão e a conduz até a família de André. De imediato, não são os traços, mas as lágrimas das irmãs que a fazem reconhecê-las. Mônica, a mais velha, traz na plástica a marca da idade. As bochechas repuxadas, os olhos esticados demais afirmam que ela tenta esconder que já é avó. Renata, a caçula outrora tão apegada a André e hoje mãe de dois adolescentes, aperta Lúcia entre os braços e deixa o pranto vir, sem constrangimento. O corpo da antiga cunhada não condiz com a memória que Lúcia carrega dela. Quando se conheceram,

Renata era uma menina que arrastava o urso de pelúcia pelo chão do apartamento. Era muito apegada ao irmão, e tinha por Lúcia um afeto visível, pois ela sempre dava um jeito de levá-la para tomar sorvete com eles, um cineminha com pipoca. Durante anos, Renata pensou nesses momentos; durante anos, o último dia em que se viram, as palavras carinhosas de Lúcia, enquanto André se apressava em fechar a mochila:

— Vamos viajar, minha bonequinha. Mas a gente volta, eu prometo!

Demorou, mas os anos ensinaram a Renata que em épocas de guerra o que foi prometido ninguém prometeu, embora a esperança de rever o irmão permanecesse lá, todos os dias. A esperança que nem a impossibilidade anula. No abraço da caçula, Lúcia sente o desejo desesperado pelo abraço de André.

Rui, o pai, tão velhinho, as costas curvas, está sentado logo atrás das filhas e dos netos. Quando acaricia sua careca e lhe pergunta "O senhor se lembra de mim?", Lúcia entende que um pai sofre tanto quanto uma mãe com a morte de um filho. Há dores que não passam, ficam apenas armazenadas em pequenos casulos. Mas a sua voz é doce, não deve se lembrar que implicava com a nora, certo de ter sido ela a responsável pelo engajamento de André. Talvez mal se lembre dela, cacos mínimos de sua memória estilhaçada.

Lúcia não conhece a maioria das pessoas que lá estão, devem ser amigos das irmãs, imagina. Quase todos os seus companheiros de luta armada morreram, quase todos desaparecidos, segundo o Estado. Do grupo dela, poucos sobreviveram. Mas estão lá sobreviventes de outros grupos, que conheciam André, embora não fossem próximos. Lúcia se une ao círculo formado por eles. Com alguns, manteve contato a vida inteira, mesmo que esporádico; outros, não vê desde o início da década de 1970. No meio deles, Lúcia sente um rastro de alegria, um conforto próprio aos que ficaram. Sem prestar muita atenção, Lúcia escuta as histórias do passado, que eles tanto gostam de lembrar e que ao menos dão alguma leveza ao enterro.

Lúcia se reaproxima de Mônica e Renata, meio sem graça, mas precisa fazê-lo. Ao alcançá-las, mostra na palma da mão o amuleto que acabou de tirar da bolsa.

— Posso colocar lá dentro?
— Lá dentro?
— É...

As irmãs não escondem a surpresa. Ela quer abrir o caixão? Evidenciar o seu vazio? As duas se entreolham, atônitas, não sabem o que dizer. O silêncio reina nos segundos seguintes, mais lentos do que costumam ser os segundos.

— Eu entendo. Mas é que...

— Não precisa explicar — diz Mônica de repente, de forma tão brusca e afirmativa que Renata nem a questiona.

Como recusar o pedido? Afinal, é ela a viúva. Lúcia agradece com um simples sorriso, balançando a cabeça. Depois se direciona, vagarosamente, para o caixão. O clima na capela agora lhe parece mais leve. As irmãs já não choram, e há tanto burburinho que se poderia dizer, não fosse o contexto, que as pessoas se divertem. A tampa é pesada, Lúcia tem dificuldade em abri-la. Há quem a olhe, estranhando o que ela tenta fazer. Há quem pense em ajudá-la, mas ninguém se mexe. Enfim, ela consegue abrir uma fresta e, sem olhar para o interior, enfia o braço no caixão. O amuleto em forma de olho, que ela pretendia colocar delicadamente na madeira fria, escorrega pelos seus dedos e tomba. O barulho ecoa pela sala, no mesmo instante todos se calam e olham para ela. Apressadamente, Lúcia recolhe o braço. O estrondo da tampa caindo de volta sobre o caixão é menos assustador do que o do amuleto: não traz consigo nenhum mistério.

Mas Lúcia está perdoada, diz o olhar de todos. Aliviada, isso sim. Acaba de enterrar seu maior segredo, sua maior culpa.

* * *

André e Lúcia estão na cama, já é noite. À tarde, tinham um encontro com um companheiro que não compareceu ao ponto.

— Já era, vamos ter de sair da casa.

— Calma, ninguém tem o endereço, ninguém foi lá, estamos seguros.

— Regra de segurança número um: vamos ter de sair da casa.

— Amanhã.

— Hoje, agora.

— Calma, amanhã a gente sai. Ninguém sabe que a gente tá aqui.

— Tá bem, amanhã. Mas não passa disso.

Os dois estão mais tranquilos, respiram aliviados, apesar da tensão iminente. Vão acordar antes do amanhecer e tomar a estrada. Não sabem ainda para onde, mas o que importa é deixar a casa. Sabem que de alguma forma foram felizes ali dentro, embora o curto tempo não os deixe pensar nisso. Precisam descansar um pouco, o caminho pode ser longo.

— Tô com sede.

— Eu também.

— Par ou ímpar?

— Par.

— Ímpar.

André já está se levantando quando Lúcia diz:

— Pode deixar que eu vou.

André sorri. Está tão cansado que nem questiona. Apenas tira do pescoço um amuleto em forma de olho, seu amuleto da sorte, presente da avó que ele carrega desde o dia em que o recebeu. Estende-o a Lúcia.

— Toma. Pra te proteger.
— Daqui até a cozinha?
— Nunca se sabe. Sempre pode aparecer um lobo mau no caminho.

Lúcia ri. André também. Eles se beijam, e Lúcia desce a escada. Na cozinha, enche dois copos d'água, bebe um gole e, antes de fechar a geladeira, aproveita para beliscar o queijo que continuará lá depois da partida deles. Escuta um barulho estranho, ao longe, e paralisa. Será que está ouvindo coisas? Não, não está ouvindo coisas. O som de passos se aproximando é tão real quanto os dois copos à sua frente. Ela os esvazia rapidamente, num ímpeto de lucidez, e se esconde no vão entre a geladeira e a porta da cozinha, que dá para o quintal, com o coração acelerado, pronto para atravessar a garganta. Ela queria estar enganada, mas sabe que não está. A porta de repente vem abaixo, e ela pode sentir nos pés o tremor do chão provocado pelos homens que acabam de entrar. Eles falam forte entre si, espalham-se pela casa, vasculham brevemente a parte de baixo, a sala, a cozinha, o banheiro. "Lá em cima, rápido", diz um deles. As mãos de Lúcia tremem quando ela abre a porta o mais delicadamente possível, sem ruído. Está caminhando agachada no quintal quando ouve o grito de André se misturar ao dos policiais. Automaticamente se põe a correr e pula o muro baixo que dá para a casa vizinha, onde não há ninguém. Os moradores saíram com malas há duas semanas e ainda não voltaram. Ela olha ao seu redor, não sabe para onde ir, não sabe se foge, se para, se volta.

Finalmente, Lúcia avista nos fundos da casa um quartinho externo, onde repousam utensílios de jardinagem. Por sorte, a porta está aberta. A porta, na verdade, não fecha, e Lúcia se ajeita lá dentro, de pé, entre enxadas, tesouras de poda, forquilhas, pás e sacos de terra, num breu quase absoluto, não fosse a rala luminosidade do céu. Seu corpo treme da cabeça aos pés, o coração não desacelera nem por um instante. Ela sabe que mais cedo ou mais tarde vão encontrá-la. É só uma questão de tempo.

Mas o tempo passa, e eles não aparecem. Lúcia vê a manhã chegar pela fresta da porta. Ainda está de pé quando o sol alcança a entrada do quartinho e, então, ela se permite o que o medo não lhe tinha permitido. Aperta o amuleto entre as mãos e chora, sem receio de que escutem, do lado de fora, seu soluçar agudo, seu lamento sem fim.

* * *

A chuva continua a cair, persistente, mesmo após o enterro. Lúcia dirige de volta a casa. Algumas imagens lhe retornam à mente: o belo discurso de homenagem feito pelos amigos; a música de Vandré cantada por todos, ou quase; as doces palavras de Renata sobre o irmão. No fim, o enterro foi mais um encontro do que uma despedida.

São duas da tarde e o trânsito está livre. A vontade de Lúcia é botar o pé no acelerador e seguir adiante, sem obstáculo, correndo infinitamente. O sorriso em seu rosto é tão evidente que os motoristas de outros carros, ao pararem ao lado dela no sinal, também sorriem. Enterrar uma culpa que atormenta é, sim, um motivo de alegria. Lúcia se sente nova, pronta para recomeçar, como no dia em que chegou àquela casa branca em Jacarepaguá, ao lado de André. Liga o rádio e reconhece a música, seu filho a ouvia sempre, repetidamente, no fim da década de 1980. Tem vontade de dançar, ir além do próprio corpo, atravessar o para-brisa. Sabe que não tem mais o tempo que passou, mas ainda tem muito tempo: todo o tempo do mundo.

Música Urbana 2

Sérgio Fantini

"Não há mentiras nem verdades aqui"? Do que você está falando, meu bem? O que houve, onde você está? A casa está toda bagunçada, do jeito que eu deixei pela manhã, formigas nas xícaras de café, presunto e queijo fora da geladeira... Você dormiu até que horas? Por que deitou tão tarde ontem?

Em cima dos telhados as antenas de TV zumbem e eu quase não ouço, meus ouvidos sob o gorro desfiado, frio congelando ossos que estalam em movimento, a lembrança morna do sofá de casa, cobertor sobre nossas pernas e o silêncio de uma noite para sempre eterna. Não era para ser assim, esta avenida, estrada deserta que logo vai se acabar e eu não terei mais aonde ir, talvez voltar — mas você estará lá?

E de qual telefonema você está falando? Nós não conversamos hoje durante o dia, eu fui ao encerramento do congresso, lembra? Eu te falei que lá o sinal é péssimo. Passei o dia no centro de convenções, celular desligado. "Daqui pra frente, tudo vai ser diferente", Roberto Carlos? Eu nunca diria isso, detesto ele, você sabe. E todas essas citações de poemas e canções?

Nas ruas, os mendigos arrancando esparadrapos podres com pedaços de pele foi a visão mais suave desse dia; eu sabia, eu tinha certeza que alguma coisa não estava bem, mas insisti, sou teimoso, você me conhece, e te liguei, e você disse "daqui pra frente tudo vai ser diferente". Não era bem assim que a gente queria. Há noites que conspiram pelos amantes e eles não ouvem; elas acendem a lareira, servem o vinho, ajeitam os travesseiros e os lençóis, mas os amantes têm outras expectativas e não percebem o momento de ceder à luxúria, de aceitar o outro como o outro é e sempre foi.

Oh, my darling, onde você está? Já são oito horas e eu não consigo falar com você, vê se liga esse telefone. Logo hoje que eu trouxe um filme, até já vi, queria ver com você, tem umas cenas bem picantes.

Motocicleta rosnando às três da manhã é só um jeito de dizer "ei, estou aqui, não se perca de mim". Não poderia haver trilha sonora melhor para esta hora em que o silêncio me sufoca, o ruído do meu desespero traz mais transtornos, o som dos meus passos nesta rua ecoa pela cidade inteira, porém, aqui, nesta rua, somente é real o desejo de você.

Mendigos, motocicletas, madrugadas... Ah, meu Deus, do que você está falando? Por que fica lembrando coisas do teu passado e me incluindo nele como se fosse possível? Lembra? "É preciso amar como se não houvesse ontem"?

Os PMs armados com longos cassetetes nas sombras da noite e as tropas de choque de tuas ofensas e das articulações de teus amigos para me derrubar foram quase eficazes, quase, porque eu também estava preparado para a briga. Você não soube me amar sem conflito, tua mania de grandeza, teu rei na barriga, teu autoritarismo que tantas vezes quase puseram tudo a perder me deixaram de sobreaviso, alerta como um cão de guarda.

Brigas, bares, boates... Você fala como se fosse outra pessoa. Isso não tem nada a ver com a gente, você sabe. Nosso lance é outro, sem dramalhões, muito mais... A não ser que...

Eu te cantei essa pedra, não havia necessidade de tanta precaução e violência, eu estava aberto para você, queria que as coisas fossem mais suaves, mais leves, quase espirituais, como mantras que nas escolas orientais as crianças aprendem a repetir. E essa pode ser uma boa dica para a vida de um cara que quer apenas ser amado, mas que ainda traz as faces ardentes dos tapas que levou. São tolices.

Você esqueceu de tomar o remedinho? Ou será que bebeu de novo? Ah, meu Deus do céu! Aposto que foi isso! Puta que pariu! Se foi, é melhor nem voltar, pode ficar por aí mesmo com essa conversa de gente doida. Ai, ai, ai... Da última vez, você lembra, não é? Você lembra o que aconteceu da última vez... Nem vou falar o trabalho que me deu, polícia, pronto-socorro, teus irmãos chegando do interior, vizinhos metendo o bedelho, teu chefe ameaçando te demitir... Ah, não, Deus queira que não seja isso! Dessa vez eu é que vou acabar com você, vou te encher de porrada, te deixar sangrando ainda mais. Nem pense em me dar uma notícia dessa nem voltar para casa assim.

Mas, nos bares, os viciados como eu sempre tentam conseguir uma guimba de amor, raspas e restos de carinhos dispensados por vermes como você. Por isso te disseram que eu fui visto por aí mendigando afeto, implorando um toque de mão em minha pele maltratada pelo vento sujo e seco nas madrugadas de angústia — imagina como me sentia naqueles dias em que você esteve fora — e eu sem saber se voltaria...

Você acha que eu fiz tudo o que fiz para viver agora desse jeito, sem saber? Não, não quero isso para mim. Prefiro morrer a passar por aquilo de novo. Onde você está, meu amor? Por que não atende o telefone?

Mas agora sou eu quem está voltando — você ainda está aí? Vou seguindo as pegadas que acabei de fazer na umidade do asfalto, pensando se tudo isso vale a pena, este sofrer calado longe de você, esta melancolia que me deixa sem ar... Quando, de repente, saindo dos becos e dos esgotos, matilhas de crianças sujas se lançam no meio da rua — e eu grito!, e como ratazanas do inferno elas pulam sobre mim, me rasgam a roupa, dilaceram minha pele — e eu grito e não há ninguém para me ouvir: meus eternos pesadelos começam a se transformar em histeria.

Será que não adiantou nada do que fiz? As longas conversas sobre a importância do teu tratamento, os lembretes espalhados pela casa, as sessões extras com o psiquiatra, caríssimo... e, principalmente, a trágica experiência daquele Natal...

Exausto, ainda sem saber onde ir ou por que voltar, se devo rir ou chorar, me deixo cair lânguido na calçada. Recomeça a chover e eu choro mais uma vez: onde estão meus portos seguros, o beijo franco do meu pai, o colo aconchegante de minha mãe, a união de meus irmãos, a solidariedade de meus primeiros amigos, a confiança que um dia me deu forças para me oferecer a você? Ouço vozes e vejo que no ponto de ônibus estão realmente todos ali: as palmadas de mamãe, o repúdio de meu pai, o desprezo de meus irmãos, a zombaria de minha turma, a fragilidade que sempre carreguei comigo e que me fez enterrar os melhores anos de minha vida ao teu lado.

Abdiquei do prazer de tomar minha taça diária de vinho só para tirar a bebida do teu alcance. Será que você andou bebendo? Ah, seu filho da puta, se você bebeu, eu te mato. Eu me sacrificando, evitando as pequenas delícias por você e agora me vem com essa presepada... Ah, se eu pego quem te deu bebida... Aposto que foi a puta da Rosália, aquela, aquela...

Revejo numa fita hiper-realista os uniformes limpos e perfumados de meus coleguinhas que sempre se aproveitaram de mim no recreio, os cartazes coloridos anunciando os filmes que me consolavam nas salas silenciosas e escuras dos cinemas de encontros, as casas dos amantes que nunca foram lares para mim, as excursões às favelas em busca de aventuras bestiais, as festas regadas a bebida e drogas e superficialidade nas coberturas de teus amigos excêntricos... quase todos os lugares que me prometiam prazer e felicidade e onde só encontrei essa maldita música que ainda explode em meus ouvidos como os berros de mais uma criança que nasce novamente em mim e me empurra para teus braços — oh, baby, abre teu coração, estou voltando ao nosso lar.

Ah, meu Deus, onde você está? Liga essa porra desse celular, me liga a cobrar, qualquer coisa, dá notícia, anda, não aguento mais esse silêncio.

Andrea Doria

Ana Elisa Ribeiro

carta enfiada na garrafa durante o naufrágio

Improvisei jantares, dias de viagem, noites na cama e banhos mornos. Massagens nos pés e bilhetes de amor, mas não era simples improvisar sorrisos sinceros. A boca rasgada, sem cor de lábio, não escondia meu tédio. A crença naqueles abraços era violação. Os meus desejos estavam escondidos atrás das pálpebras abertas, sob os olhos desanimados.

Antes mesmo da passagem dos anos, eu era capaz de conversar por horas e horas, sem sequer tentar desviar o assunto. Trabalho, prazer, casa, comida, improvisos de um cotidiano que parecia isso mesmo: simples e feliz. Mas sabe-se lá por quê, com que velocidade, deixa de existir a certeza de que íamos na melhor direção e a água começa a invadir as escotilhas, falta ar, falta tudo.

A água entrava pelas frestas. Meu sorriso vago denunciava qualquer dispersão que eu não era mais capaz de despistar. Achávamos tão fácil improvisar dias de sol, noites de chuva sob as cobertas, filmes alugados, cinema no meio da semana. O mundo inteiro aos nossos pés, ao nosso gosto, com pitadas de uma alegriazinha delicada. O parco nos parecia abundante, bastando, para isso, que nos olhássemos e nos sentíssemos ao redor. No entanto, depois disso, com o passar dos dias impiedosos, nossos diamantes viraram cacos de vidro vulgar. Nos espaços entre um estilhaço e outro, espelhos por onde enxergar os avessos de nossas vontades de outrora. No lugar das florestas, os antigos desertos de eras antes, quando ainda não nos conhecíamos e o mundo parecia só chão. Depois de nos conhecermos, o mundo parecia só céu. Por fim, agora, o mundo disperso, nem chão nem céu, esfumaçado e terrível.

Ele tinha razão: a diferença não estava apenas no sorriso sonso, quase morto, que tentava demonstrar uma alegria inexistente, tentativa momentânea de reviver o passado de poucos meses atrás. Como se fosse possível recuperar o ardor ou o fôlego de noites já dormidas. Ele tinha razão quando via feridas em meus sorrisos murchos. Os lábios cor-de-rosa, mesmo intensos, eram moldura para uma falta de graça imponente.

Não adianta pedir. Não sou eu que dou as ordens. Não cumpro porque não prometo. E, se prometesse, não poderia mais do que apenas isso. Palavras. Não ressuscitaria mais do que verbos, bem aparentadas palavras que aprendi nos livros que ganhei de presente. Minha força de antes não me cabe bem neste papel. Abandonei as armas, o barco, a lida. Não é que eu fuja, mas é que tenho me refeito muito lentamente das vontades que não cheguei a ter. Essas faltas me deixam apagada, mais que antes, quando as flores do jardim se perdiam sem chuva. É difícil, mais do que tudo, concluir que não se sente nada. É difícil admitir que ali e nada estão bem próximos.

O meu andar já havia sido mais firme sobre a tábua corrida do camarote de onde víamos a vidinha seca dos vizinhos. Entre um beijo e outro, os livros vinham povoar nossas histórias, nossas dedicatórias ao casal, nossos corpos quase no mesmo espaço, ao mesmo tempo, querendo dizer aos outros, que nos viam, que era possível viver um amor assim. Improviso ou quase isso, porque ninguém planeja se dedicar a quase não ser.

Ninguém pode projetar um presente tão intenso e um futuro quase infinito. Às duas da manhã, sopa de ervilha quente para tomar a dois. Às sete e meia, café com biscoito de aveia e geleia de amora. Ao meio-dia, o almoço desesperado de saudades. Sufocamento. Improvisos de falta de ar. Ninguém planeja se fechar ao mundo, viver num livro, acordar do sonho e ver que há vida após o sexo.

Já não via tanta graça em ser assim. Já queria meus sapatos em outras prateleiras. Já sentia o cheiro forte do suor, que não queria misturado ao meu. O amargor das toalhas sujas me exasperava. Isso já era daquela solidão raivosa de quando o amor secou. Embaralhei, um dia, as cartas e os postais aos demais. As traças haviam comido os começos dos bilhetes dos primeiros anos. Presentes sugestivos foram para o armário onde ficavam as lembranças da infância. E foi assim que percebi que enfraquecia. O preço do meu sorriso mais bonito, fixado naquela foto em que estávamos na praça, era alto. Era impagável. Não há qualquer sentido nisso, não é?

Mas temos sorte. Temos sorte de ter memória. Temos sorte porque as caixas de cartas estão em lugar seguro, longe de umidade e luz direta. Temos sorte porque podemos nos refazer dos sustos, dos improvisos danosos e de nossa falta de experiência. Temos sorte, tem razão, eu e você, porque ainda somos eu e você. Não nos fundimos como se fôssemos xifópagos inoperáveis. Siameses sem salvação, como se não pudéssemos mais respirar. Temos sorte porque somos jovens de sorriso bem cuidado. Sabemos fazer café e podemos acordar sem sobressaltos à noite. Podemos dormir sós sem grandes escândalos. Podemos nos refazer de nossas vontades passadas. Podemos revisar nossas escolhas, trilhar caminhos que nos levem a outros epílogos. Morar em lugares bem longe daqui, onde as ruas não nos rememorem as mãos dadas e as chuvas de verões passados.

Temos sorte porque os travesseiros perdem o cheiro impregnado que têm hoje e assumem outros cheiros.

Quando você pergunta o que há comigo, que já não sorrio mais daquele outro jeito, só consigo sentir um lampejo de saudade dos cuidados que a mãe tinha por mim. Tome água, corte as unhas, dê descarga e faça um prato balanceado. Não era bem isso, mas era assim que ela me convencia de uma alegria amorosa. Você me dá isso de novo, sinal do fim dos tempos. Faltou apenas o toque na testa, sinal de febre? Quimera dos tempos em que ardíamos à toa. Febre nenhuma mais. Apenas seu cuidado de parente. E, quando percebe a decadência deste encontro, você pergunta pela minha força. O pior é não poder lhe dar resposta nenhuma que o convença de grandes motivos. O pior é esta falta de razão para o fim, esta ausência de algo perturbador. Não há outro, não há alguém que me desvie o olhar de você, não há raiva, não há um problema localizado, nada que eu possa lhe dizer e que nos faça inimigos. Nada que possamos responder aos vizinhos, aos parentes, aos amigos. Nada que possamos distinguir no antes e no depois. Nada que possamos explicar ao carteiro, ao garçom ou ao taxista. Nada que possamos contar aos outros, nossos próximos parceiros, que nos livre desta falta de gosto. Nada tão amargo, nem tão seco. Só há esta mansidão entre mim e você. Só nós dois arrefecidos. Só nós dois distantes como ilhas, continentes à deriva para lados opostos. Só nós dois somos nossa explicação: perdemos a força, como se fosse na subida. Não há interferências externas, não há porquês. Há a morte lenta de um amor duvidoso.

É melhor se acostumar. O que eu disser lhe parecerá vingança. Temo pelas minhas frases cheias de citações de sua autoria. Lamento que não consiga conversar sem chegar ao impropério. É que não tenho nada a dizer que o convença. Creia. Ontem era, hoje já não é. Como os calendários feitos de folhinhas soltas. Fizemos escolhas erradas alguma vez. E o dia era tão intenso que não prestamos atenção. Era dia. Não vimos quando a luz se perdeu. E o que ficou?

Que país é este

Alexandre Plosk

Adoro o sol do Nordeste. Alguns de meus patrícios devem ter desembarcado por aqui há mais de quinhentos anos. Talvez seja o meu sangue estrangeiro. Talvez seja ele o responsável pelo porte do objeto que carrego debaixo da blusa.

É preciso estar e não estar dentro deste país para poder ir além. Habitar uma outra dimensão no tempo e no espaço.

O céu especialmente azul de hoje dá um toque algo fantástico ao meu campo visual. Vejo os seguranças ali na birosca. Estão rindo e se provocando. Totalmente despreocupados. Nenhum deles percebe minha figura um tanto obscura a poucos metros. Pudera. No Nordeste tudo em paz. Estamos na cidade mais receptiva do país. Aqui foram noventa e três por cento dos votos.

Ele vai falar daqui a pouco. Eu não poderia ter escolhido lugar melhor. O clima é de total despreocupação entre a comitiva. Estão todos relaxados. Os seguranças gargalham se gabando de conquistas esportivas, amorosas e que tais.

Sim, podia ter feito isso antes. É o que não me sai da cabeça. Por que justo ele? Difícil negar que o sangue russo não tenha algo a ver com isso. O Estado com E maiúsculo, mastodôntico, babando na janela dos Kleinman em Moscou. Arremessando a juventude e os sonhos do tio Simcha à Sibéria, dilacerando nossa família para sempre...

Não temos temperamento dócil. Podemos até ser silenciosos. Mas não deixamos barato.

Sim, tinha motivos para ter feito isso antes. Ele não foi o primeiro, nem será o último a faturar milhões. Às claras ou às escuras. Também outros se aproveitaram para fincar as garras no trono por mais quadriênios.

Pode ter a ver com meu momento particular, confesso. Com a desesperança que ficou lá pelo Sul. Melhor nem pensar nisso ou tudo vira turbilhão. Logo vem um olhar de criança, um perfume de mulher ainda na memória. E um cheiro de pólvora nas incansáveis sessões de descarrego no clube de tiro. O mesmo céu azul que me trouxe até aqui. Mas por que está tão mais escuro? Quem colocou um filtro no tempo?

Não posso perder a calma. É preciso combinar frieza com ardor. A moça que passa ao largo me desanuvia. Os belos cabelos pretos encaracolados. O nariz levemente empinado. Foi ela que me permitiu ultrapassar a última noite. Me aninhou, me escutou. Falei o que não devia. Mas, se não falasse, não conseguiria estar aqui agora. Seu corpo macio. Seu olhar enigmático. Também ela à deriva. Não pertence ao mundo que a cerca. Por alguns instantes fisguei a possibilidade de uma outra vida por estas bandas. Por que não poderia ser feliz ao lado de uma mulher assim? Muito mais confiável do que aquela que ficou no Sul.

Um último olhar para nos despedirmos. Mas por que é que os seguranças foram se meter logo com ela?

Ou teria sido ela quem se aproximou?

É isso. Está feito. Olham na minha direção. Afasto-me rapidamente. O casaco me faz suar ainda mais. Talvez um inocente tenha de morrer também.

Maldita hora em que fui confiar em mulher. Devia ter aprendido.

Fujo em direção aos fundos da igrejinha.

Vejo o homem alto passar lá na frente. A voz dela surge por trás de mim.

Enfio a arma no seu rosto. Pergunto por que fez isso. Ela nega. Diz que é coisa da minha cabeça. "Pelo sim, pelo não, devia te matar, igual vou fazer com teu paizinho ali no palanque." Ela jura que não abriu o bico. Levo-a até o matinho, cano apontado.

Amarro, amordaço. Que fique de ouvidos bem abertos para escutar. O grito vai ser ouvido daqui do sertão até Moscou. Sou eu contra o Estado. Maldito Estado. Nunca nos protegeu, nunca nos deu nada. Só tirou. E agora vai querer tirar de novo nossa liberdade. Assim como fez antes num cruzado de direita, novamente vem com a mesma potência, de "canhota". Juro que teria feito em 1968, se não tivesse calhado de ter nascido naquele ano. Verão de 68, como a música.

"Como você se sente? Como você se sente? Pá, pá pá pá pá, papapáaa...."

Precisava ser eu. Um estrangeiro. Um homem de lugar nenhum. Um homem maior que um partido, maior que uma religião, maior que uma nação. Individualista? Talvez. Mas se não restar um indivíduo, não resta mais um homem. Difícil, eu sei, ter a frieza para romper a barreira do bom coração, de tudo o que ele inspira.

Ainda mais sentindo o aroma da multidão suada e feliz, onde já me misturo bem misturado, olhando agora seu rosto que sorri. Seu jeito de paizinho. Desculpem-me, é para o bem de nós todos. Um dia vão compreender que fiz isso por cada pequeno eu desta terra. O futuro da nação.

É estranho, mas o coldre não parece mais real. Plástico? É como se tivessem colocado um brinquedo na minha mão. Bobagem. Tenho de lembrar pelo que luto. O indicador está posicionado. É só levantar o braço. Fazer a mira. Disparar.

E então tudo fica fora de foco. Até o som em câmera lenta.

Minha cabeça ainda dói. Não foram dias, nem semanas. Foi mais do que isso. Meses, talvez anos. De repente, voltei a 1968. Tudo o que escutei no colégio. Os choques, os afogamentos. Clássicos que nos pareciam pertencer unicamente ao lado escuro da força. Não é bem assim. Temos nuances entre o preto e o branco. Tudo tão cinza em nossa terra. Sim, poderíamos ter uma bandeira toda cinza. Sem posições definidas, onde a monocromia é decisiva para esconder qualquer gota de sangue, qualquer assinatura vergonhosa. Varre-se tudo para debaixo do cinza.

E aqui estou eu, sem camisa, cabelo molhado. Ainda de pé. Pelo menos metaforicamente.

A pancada foi bem forte. Cheguei a levar cinco pontos. Não foi o homem alto. Ou qualquer um daqueles seguranças que riam à vontade. Havia agentes infiltrados no meio do povo. Havia binóculos, comunicadores, serviço de inteligência. Mesmo lá, na pequena e pacata Parque da Estrela. Como pude me iludir?

No entanto, por que ainda me mantêm nos porões? Por que não estou preso numa cela comum? Por que ainda estou vivo?

Tudo tem sido escuridão. Sozinho, mas algumas vezes escuto vozes sussurrando. Parece que alguém quer me ajudar.

O comando aqui dentro é todo do "Sr. Cruzeiro", como o líder é respeitosamente chamado pelos outros. Ele mesmo chegou a me inquirir algumas vezes. Tem senso de humor. É elegante. Ri de minha ingenuidade.

Um dia, cansado, mostrou-se bastante nervoso. Não consegue suportar a tese de que eu estivesse sozinho na empreitada.

É curioso, pois não conseguiram levantar minha ficha. Devo ter deixado poucos rastros nos últimos anos. Isso mostra o quanto são cautelosos. Fotos minhas sendo repassadas por aí poderiam chegar à imprensa. Será que esta ainda terá forças? Ou será que também a liberdade de expressão estará feito eu, num quarto escuro. A julgar pelos exemplos mais ao norte do continente, é questão de tempo.

Nosso paizinho continua mandando, isto é fato. Como perderia uma eleição? O problema é justamente esse. Ter o direito de disputar mais uma vez e mais outra vez...

Numa das conversas em que escuto um interlocutor falando em espanhol, entendo qualquer coisa sobre a dura batalha pelo pleito da reeleição indefinida. A menos que um fato novo aconteça, estão pessimistas. Ainda resta esperança.

Alguém quer que eu fuja. Um dos guardas, talvez? Será amanhã à noite. A porta estará aberta. É assim que se escapa nos filmes. Também é assim que se mata um homem.

Infelizmente não estou em condições de poder escolher.

A porta está realmente aberta. Descalço, vou andando pelos corredores. Há uma fração ínfima de luz vinda de não sei onde. Só sei que é preciso seguir em frente.

Vou caminhando, esbarrando em paredes. As batidas do coração aceleram. Quem é o inimigo? Quem é você?

Até que confirmo o pequeno facho.

Vem de um quarto. Abro a porta. Junto a um abajur, roupas por sobre uma poltrona preta. O disfarce. É um smoking. Visto-o. Exatamente o meu número. Surpreendo-me, pois há uma pequena pistola na parte interna do paletó. Calço os sapatos medindo as implicações de todos esses itens à minha disposição.

Há um espelho. Não me via há tanto tempo. Talvez décadas. A barba não me cai tão mal. Ajeito o cabelo para trás.

Caminho agora em direção ao burburinho. Uma porta que leva a outra. E uma equipe de seguranças que me cumprimenta.

No belo salão, todos estão vestidos como eu. Vou andando um tanto atônito, ninguém estranha a minha presença. Caras conhecidas do poder, de todos os poderes. Não vejo sinal do "Sr. Cruzeiro". Ele se move nas sombras. Também a imprensa está toda presente.

Até que alguém me sussurra novamente. "Você está pronto. Ele faz questão de te conhecer." Estou sendo levado em direção ao epicentro do enorme salão.

Quando percebo, uma roda se abre e ele está bem diante de mim. De perto, ainda é mais bonachão. Ele sorri com os olhos. Alguém está pensando que eu não aprendi nada com os anos na escuridão. Nada como um bom calabouço para passar a vida em revista. Eles me deram violência e eu enxerguei, com toda a nitidez, que não é assim que se ganha uma guerra.

"Senhor, eu preciso lhe avisar", digo com toda a minha integridade. A fisionomia dele muda. Ouço o grito bem límpido, quase interpretado. "Cuidado, ele está armado!" Não adianta levantar os braços. Os estrondos só ecoam depois das luzes que saem de três pontos diferentes da sala. Caio no meio do salão. Vejo o líquido vermelho se afastar de mim. O resto todo é cinza. Quem vai saber o que você sentiu? Quem vai saber o que você pensou? Quem vai dizer agora o que eu não fiz? Lembro do céu azul do sertão. No Nordeste, tudo em paz.

Faroeste caboclo

Carlos Fialho

Traiçoeira. É assim que muitos definem esta cidade. Desde que cheguei, as pessoas tentam me alertar. Mas eu não dava importância. Pelo contrário, sempre a defendi da má fama, das acusações de que era simétrica demais, vazia demais, sem graça demais. Eu fechava os olhos para a secura, torcia a boca para os lábios rachados, tapava os ouvidos para os "sabe-com-quem-está-falando?" e empinava o nariz para as autoridades de araque que pululam no DF. Eu nunca me importei, e até gostava, dos endereços fórmulas matemáticas e enxergava em cada bloco, em cada superquadra, uma colorida beleza disfarçada de cinzenta sisudez.

Talvez esse romantismo todo venha da minha vida anterior. O homem que eu era antes de chegar aqui não costumava ganhar. Nasci em Ipanguaçu, no Rio Grande do Norte. Família pobre, mas com um pedacinho de terra. Quando a gente não perdia tudo na seca, perdia nas chuvas e inundações. O jeito era tomar dos outros. Roubava frutas e galinhas dos fazendeiros, roubava na igreja, roubava a inocência das meninas. Até que meu pai me mandou pra capital. "No interior não tem o que você fazer. Vai acabar engravidando uma moça dessas e não vai poder sustentar, pois nossa família não tem um pau pra dar num gato." Aí eu fui pra Natal estudar e morar com uma tia que eu nem sabia que existia.

Morei com ela um tempo. Trabalhava entregando jornal e estudava à noite num colégio público. Eu já tinha uns 16 anos nessa época e começava a atrair olhares e atenções. Estava me tornando um homem de bela composição corporal. Uma vez, no jornal, quando fui receber o salário, alguém me observou mais demoradamente e, quase sem querer, correspondi.

Fomos ao seu apartamento na praia. Tomamos uísque. Conversamos um pouco, mas eu não estava muito à vontade. Ainda exibia um jeito irremediavelmente tímido de jovem interiorano. Eu sabia que não deveria estar ali. Muitos não entenderiam minha decisão. Mas é como dizem: a necessidade faz o homem, e o senhor Toninho Vieira era o principal e mais influente colunista social de Natal. Famoso por suas festas reunindo a nata da sociedade, em que cobrava caro pela entrada a pretexto de caridade mas embolsava toda a grana, conhecido por um programa de TV ridículo em que uma das atrações era sua página pessoal no Orkut, e frequentemente visto em fotos de jornal em que se exibia tomando banho de banheira com o seu cachorro, ele causava repulsa em boa parte das pessoas. De rotunda silhueta, dava a impressão de estar sempre suado. Sua atitude arrogante revelava uma pessoa medíocre que gostava de humilhar subalternos. Por tudo isso, eu sabia que ia ser dureza comer aquela bunda gorda e flácida.

Depois de alguns uísques, eu já estava mais solto e, ciente do que me trouxera ali, baixei o zíper. Quando cheguei perto, ele falou: "Vira. Hoje a mulher é você."

Não quero falar muito sobre os anos seguintes. Direi apenas que cursei direito na universidade particular graças a uma bolsa que o gordo conseguiu. Também nunca me faltou grana para me virar por aí, nem pra minhas farras. Acabei me envolvendo com drogas pesadas. Cheirava e tomava de tudo para suportar as minhas noites. Parecia cocaína, mas era só tristeza. Saí da casa da minha tia quando o colunista me convidou para viver com ele. Parei de enviar notícias para o meu pai. Eu tinha medo de que ele soubesse de tudo pelo tom da minha voz. Morando com o gordo asqueroso, passei a receber mais dinheiro, fora algumas notas graúdas que eu roubava de sua carteira depois que ele dormia e roncava como um porco. Juntei dinheiro para poder viajar. Eu e minha solidão.

Minhas brigas com o Toninho eram cada vez mais frequentes. Ele queria me levar para as festas e restaurantes chiques, me apresentar publicamente como seu "amigo". Eu agora já era um rapaz apresentável, de 21 anos, que ele cultivava havia tempos. Era a hora de exibir sua conquista. Eu não queria. Já bastava foder com ele e chupar aquele pau pequeno de velho gordo. Mostrar a cara já era demais. Permiti, no entanto, que ele fosse para a minha festa de formatura. Fiz um prólogo, dizendo que agradecia tudo o que ele fizera por mim, que eu só estava me graduando por sua causa, que eu sabia como agradecer e que, depois da entrega do diploma, teríamos uma noite inesquecível em seu apartamento.

E assim foi. Após a cerimônia, quando ficamos a sós na sala, coloquei uma música que ele gostava e fui tirando a beca, tirando a blusa de dentro da calça, desafivelando o cinto. Ele já sorria contente quando desferi o primeiro golpe. Aumentei o volume para os vizinhos não ouvirem o seu choro copioso de colunista social barraqueiro. Apliquei-lhe uma surra inesquecível por todos os anos de sodomia e humilhações. Ele sempre soube que eu estava com ele pelo dinheiro e fazia questão de deixar isso bem claro em todas as oportunidades possíveis. Quando seu corpo já estava todo marcado das chicotadas que dei e o sangue coloria o tapete branco, comecei a socar seu nariz, chutar as costelas, dar vigorosas tapas em sua fuça, xingar e cuspir. Saí de lá rápido, direto para a rodoviária.

Deixei o senhor Vieira chorando baixo e envergonhado. Foi encontrado no outro dia por um faxineiro. Ele não quis ir a um hospital e mandou trazer um médico até sua casa. Àquela altura eu já estava em Salvador. Abafou o ocorrido junto aos jornais e se recusou a dar queixa ou revelar o agressor. Tirou uma licença da TV, da coluna e das festas. Tornou-se recluso e não saiu mais de casa. Morreu um mês depois. Humilhado, fodido, com vergonha de si mesmo.

Salvador era uma cidade grande e cheia de gente bonita. Eu era um advogado recém-formado, com dinheiro para me manter por um tempo (dei uma limpa nas economias do gordo) e procurar trabalho. Eu tinha experiência, pois, graças ao meu "benfeitor", estagiara nos melhores escritórios de Natal, como o Benjamin&Associados. Mas, antes de qualquer coisa, um café até que ia bem depois de 20 horas rodando de ônibus desde a esquina do Brasil.

Na lanchonete da rodoviária, um homem do campo tomava cachaça no mesmo balcão que eu. O cacau ia mal, ele dizia. Veio pra Salvador atrás de trabalho e só encontrou miséria. Ia embora da Bahia. Primeiro pensou em São Paulo, mas depois decidiu ir pra Brasília. O ônibus sai daqui a pouco, disse com os olhos vermelhos e hálito de fogo. Ganhou a passagem de um vereador de Ilhéus. Esboçou um sorriso antes de cair no choro. Deu a filha pequena pra uma mulher criar. Era viúvo, e ela era tudo o que ele tinha na vida, mas não dispunha de condições de mantê-la. Meu café nem tinha esfriado ainda e eu já estava embarcado pra capital do país. Dei metade do dinheiro do gordo pro homem e segui minha jornada.

E foi assim que cheguei a Brasília. Fugido, culpado e com uma vida pregressa cheia de sobressaltos. Mas, se era assim, eu viera para o lugar certo. Em Brasília, 19 horas. Ninguém aqui é inocente. Desci na rodoviária preenchido pelo desejo de ascender na carreira e, logo ao desembarcar, sofri o impacto hipnótico de milhões de lâmpadas celebrando o nascimento de Cristo. Nada mais emblemático, pois daquele dia em diante nascia um novo Cristo, um novo João do Santo Cristo.

Decidi que daquele dia em diante eu seria brasiliense. Me confundiria com a paisagem, andaria misturado aos locais. Aliás, não tive muitas dificuldades. Afinal, ninguém é brasiliense. Numa cidade tão jovem, todos vieram de outros lugares. Brasília é uma cidade carente de nativos. Por isso, ofereci-me para seu filho adotivo.

E era assim que me sentia: um privilegiado herdeiro da capital federal, descendente direto do Kubitschek, disposto a quase tudo para defender seu legado com alma e retórica. Poderia até sair pelo mundo cantando a cidade como o Renato Russo ou o Nicolas Behr: "Alguma coisa acontece/ no meu coração/ que só quando cruzo a W3 L2 Sul/ ou Eixão." Agora, já não sinto mais. Se ainda sou filho, me descobri bastardo. Carrego o gosto acre de sangue na boca e o incômodo de um punhal em minhas costas.

As tramoias políticas que ocorrem em meio ao formalismo dos gabinetes são acompanhadas pelo *Jornal Nacional* com a expectativa de uma final de campeonato. Parecem interessantes para entreter o povo, mas não são nada perto das pequenas e inúmeras negociatas que se articulam ao redor do lago. Tudo acontece aqui. Não se deve deixar enganar pelo aparente nada, o dissimulado vazio que paira pelo ar seco. Há mais coisas entre o céu e a terra do que os projetos do Oscar e do Lúcio.

Meu primeiro emprego na capital foi num bom escritório. Levei meu currículo à recepção e me ligaram dois dias depois. Simples assim. Eu faria parte de uma nova turma de estagiários. Éramos eu, o Pablo, a Suzana e o Jeremias. Os outros três eram indicados por políticos. Tinham padrinhos fortes. Eu tinha de trabalhar mais para compensar minha rede de relacionamentos deficiente. Formamos um bom time. Todos jovens, ambiciosos, com interesses em comum e extremamente esforçados. Pablo era incansável. Virava noites e mais noites à base de certos estimulantes bolivianos que irritavam bastante o seu nariz. Jeremias era esperto e sabia conseguir o que queria. Suzana era meiga, e logo começamos a namorar.

Um dia, o dono do escritório disse que iria efetivar dois de nós. A essa altura, Suzana já havia saído para tentar concursos. Seríamos três disputando duas vagas, mas a disputa nem começou a acontecer. O dono do escritório ficou sabendo do problema de Pablo com a cocaína e deu a questão por encerrada.

Eu e Jeremias nos tornamos amigos e parceiros inseparáveis. Se eu havia escolhido Brasília como minha genitora, Jeremias era meu irmão adotivo. Livramos a cara de muitos figurões: corruptos, fraudadores, assessores, políticos e criminosos de todas as estirpes. Nosso chefe ganhou muito dinheiro à nossa custa, mas soubemos cativar nossas próprias amizades influentes e logo abríamos o nosso escritório. Foi na mesma época em que eu casei com a Suzana. O Jeremias foi padrinho.

Os anos foram passando e a nossa empresa prosperando. Sempre havia alguém disposto a agir errado e depois desembolsar muita grana para sair ileso. E foi assim, limpando as cagadas que a elite fazia, que nós ascendemos na carreira e faturamos alguns milhões. Brasília, 19 horas. O Brasil vai ficar rico, vamos faturar um milhão.

Para quem era acostumado a perder desde criança, até que a vida ia muito bem. E eu tinha certeza: era a cidade. A cidade me protegia. Eu tentava corresponder ao carinho prestando atenção aos detalhes, a todas aquelas coisas que passam despercebidas para as pessoas que moram desde sempre em um lugar. Uma vez reparei pela primeira vez numa construção em homenagem a sabe-se lá quem ou quê. Perguntei a um amigo que porra de monumento eu tinha visto. "Aquele é o monumento ao monumento desconhecido", respondeu e depois confessou sorrindo que também nunca havia percebido a construção. Intrigado com o fato de ele nunca ter reparado numa massa de concreto tão grande que sempre estivera ali, perguntei se ele não estava me gozando, ao que ele respondeu: "Não se preocupe. Brasília é isso mesmo que você está vendo. Mesmo que você não esteja vendo nada."

Naquele mesmo dia vi outro monumento pela primeira vez. Mas esse me chamou a atenção de cara. Seu nome era Maria Lúcia. Uma menina linda. Um oásis de curvas brasiliense cercado de retas por todos os lados. Toda eixosa, discretamente W3, cheia de L2. Em Brasília, 19 horas. Meu pecado é desejá-la. Minha penitência é não tê-la.

Nem contei pra ninguém sobre ela. Só pro Jeremias, que, além de sócio e melhor amigo, também era meu confidente. Ele foi o único a saber sobre minha paixão repentina. Passei a circular mais nos corredores da Câmara só pra vê-la. Depois as coisas foram se desdobrando como acontece por aqui: um amigo influente do Jeremias mexeu uns pauzinhos, uma promoção que a moça esperava havia meses finalmente saiu e, logo, eu estava jantando com ela no Piantella.

Anos trabalhando como advogado na capital federal, defendendo os interesses de velhas raposas políticas de todo o Brasil, me ensinaram alguns macetes. Dessa forma, cheguei ao jantar municiado de toda sorte de informações possível. Colegas de trabalho, amigas íntimas, até mesmo a irmã dela, me contaram tudo o que eu precisava saber. O gosto musical, os lugares que frequentava, animais de estimação, hobbies, preferências. Bastou oferecer uns mimos, uns favores e caraminguás que me entregaram tudo. Alguns poderiam dizer que eu agi errado, mas pra mim isso é uma questão de ponto de vista. Pois, como disse certa vez um sábio: "Nem tudo o que é torto é errado. Vejam as pernas do Garrincha e as árvores do cerrado." Em Brasília, 19 horas. Todo mundo tem seu preço.

Maria Lúcia ficou impressionada com tudo o que eu falei, com o tanto que tínhamos em comum, com o meu bom gosto, boa educação, com minha carreira bem-sucedida, com a forma como eu parecia adivinhar seus pensamentos. Mas ela não era a única ali. Eu também fiquei encantado. Com suas coxas, seu decote saltando aos olhos, seu vestido rente. Ah, Maria Lúcia! Vai ser superquadra assim lá na minha cama!

Ela foi. Conferir de perto o meu eixão.

"Amai-vos uns aos outros e o resto que se foda!" Esta era uma frase grafitada num muro acima da ponte do Bragueto, no Lago Norte, próximo ao "Viveiro Pau-Brasília". Maria Lúcia e eu levamos ao pé da letra a sentença e não desgrudávamos nunca. Larguei mulher e filhas pra ficar com ela. O Jeremias e a esposa estavam sempre conosco, nos apoiando em tudo. E assim fomos levando os meses, vivendo felizes para sempre até que não vivemos mais.

Um dia cheguei ao escritório e recebi um recado da recepcionista. Eu não poderia entrar e, caso insistisse, a segurança seria chamada. Protestei, insisti, forcei a entrada, tentei entender o que só poderia ser uma brincadeira de mau gosto. Mandei chamar o Jeremias. "São ordens do próprio Dr. Jeremias. O senhor não é mais bem-vindo." "Mas eu sou sócio desta merda!" De nada adiantou expor os fatos. Fui praticamente jogado pra fora. Acabei na sarjeta, sentado no meio-fio enquanto o flanelinha tentava me explicar a situação.

Jeremias vendera o escritório para um outro grupo, nossos principais e mais incisivos concorrentes. Era muita grana em jogo, e ele não queria dividir a bolada comigo. Além do quê, poderia ser que eu nem concordasse com o negócio. Comigo fora do caminho, ele acabava com os riscos e ficava com tudo pra ele. Bastou falsificar minha assinatura em meia dúzia de documentos e papéis. O próprio Jeremias passou meses imitando a grafia até que atingiu a perfeição. E tudo isso contado por um flanelinha que sabia mais do que eu. "Meirmão, você não sacou que tavam armando pro seu lado?!"

Tempos depois, já no julgamento, os laudos da perícia confirmaram que eu sou um estúpido, idiota, trouxa e sem noção. Autorizei a venda do escritório por milhões de reais, abrindo mão de toda a minha parte. Para Jeremias não foi difícil subornar todos os peritos do Centro-oeste. A essa altura, eu e Maria Lúcia já não estávamos juntos. Ela tinha me deixado para ficar com Jeremias, que nem se separou. Disse no bilhete de despedida que vinha tendo um caso com ele há algum tempo, e que, em breve, ele prometera deixar a mulher pra ficar com ela. Disse também que ficaria com metade dos meus bens. E era melhor nem discutir, pois, se eu quisesse ir à justiça, o Jeremias cuidaria do caso e eu não tinha a menor chance. "Afinal, ele já foi proprietário do melhor escritório da cidade." Era a última frase da mensagem. Eu podia até ver o sorriso malicioso dela ao escrever esse arremate.

Não tenho raiva do Jeremias, nem da Maria Lúcia, nem de ninguém. Não foram eles que aprontaram comigo. Foi a cidade. Brasília me traiu. Eu, seu filho dedicado e orgulhoso. Ela me traiu. E o mais curioso é que ela não fez por mal. Foi tudo para me lembrar do gosto amargo da derrota. É a cidade impregnada de poder, soprando atos libidinosos e infiéis nos incautos ouvidos de seus cidadãos. E, sem perceber, cedemos, obedecemos. Os políticos traem, os advogados traem, os concursados traem, os altos funcionários traem, o primeiro, o segundo e o terceiro escalões traem em uníssono, o porteiro, o zelador, o bloco e os pilotis também traem. Trai o eixão, as siglas e a catedral. Traiçoeira. É assim que muitos definem esta cidade.

Agora acabou! A cidade já me tirou tudo o que podia, e eu não tenho mais nada a fazer aqui. Procurei o Pablo, pois não sabia mais a quem recorrer, e ele me deu uma arma antiga, uma Winchester 22. Estava travado de pó e disse algo como "Use com moderação" antes de cair na risada. Acho que vou levá-la pra passear, dar um pulo lá onde mora o Jeremias. Minha hora chegou: 19 horas. A última coisa que quero fazer em Brasília é morrer.

Escrito com a colaboração de Emílio França, Brasília (DF).

As seguintes frases abaixo foram retiradas da obra de Nicolas Behr:

"Alguma coisa acontece/ no meu coração/ que só quando cruzo a W3 L2 Sul/ ou Eixão".

"Aquele é o monumento ao monumento desconhecido."

"Não se preocupe. Brasília é isso mesmo que você está vendo. Mesmo que você não esteja vendo nada."

"Toda eixosa, discretamente W3, cheia de L2. Em Brasília, 19 horas."

"Meu pecado é desejá-la. Minha penitência é não tê-la."

"Nem tudo o que é torto é errado. Vejam as pernas do Garrincha e as árvores do cerrado."

"Vai ser superquadra assim lá na minha cama!"

"Amai-vos uns aos outros e o resto que se foda!"

"A última coisa que quero fazer em Brasília é morrer."

Há tempos

Carlos Henrique Schroeder

Eram botões difíceis de apertar. Duros, poderia se dizer. Marcelinho fazia força e careta, e conseguia. Ainda funcionava, mesmo depois de tudo. Na verdade, os botões sempre foram duros, mesmo antes da morte de Ricardo. A gavetinha estava rachada, e por trás do plástico Marcelinho dizia que via algumas manchas de sangue, ainda.

— Caduquice, menino. Esse negócio tá tinindo. E dê graças que tá funcionando, esse troço.

Funcionar é uma palavra ambígua demais. A vida funciona? Não, sempre estraga.

Era impossível abrir a gavetinha, e, portanto, impossível de trocar o lado da fita. Sempre o mesmo, o Lado A, sempre a mesma fita, o mesmo lado. Há vidas de um lado só mesmo. Dó, ré, mi, fá, só.

Marcelinho sabia quantas músicas havia no Lado A, pois conseguia vislumbrar, mesmo nas letras gastas, o conteúdo: *Há tempos*, *Pais e filhos*, *Feedback song for a dying friend*, *Quando o sol bater na janela do teu quarto* e *Eu era um lobisomem juvenil*. Mas somente a primeira música tocava bem, as demais pareciam patinar algumas vezes e acelerar em outras.

Será esta a voz do diabo?, pensava o garoto.

Há tempos era justamente a que Ricardo mais gostava.

— Aí, Mano, escuta só isso.

O garoto nunca esqueceu quando o irmão colocou os fones em seu ouvido. Foi a primeira vez que ele compartilhou algo, um gesto que não fosse...

— Não enche!

— Sai fora!

— Porra, que moleque chato!

Marcelinho limpava todos os dias o walkman. E não cansava de olhá-lo. Sony. Botões de apertar. Legião Urbana. Fita branca. *As quatro estações*. Am/Fm. Play. Stop. Pause. FF. RW.

— Pra que limpar tanto isso aí, menino!

— Poeira, mãe, poeira.

Quando se mora há menos de cinquenta metros da BR-101 percebe-se que a poeira dança, dia e noite. É uma neblina seca que cobre os dias com uma tessitura opaca. As palavras tinham gosto de terra. A voz é sempre cansada, um pigarro ininterrupto.

Marcelinho e sua mãe moravam numa pequena casa de tábuas coloridas, com dois cômodos, um banheiro e uma cozinha. O garoto sabe que mora em algum lugar entre Curitiba e Balneário Camboriú, pois todos dizem que um lado do asfalto, o A, mais próximo de sua casa, leva para Curitiba, e o B para Balneário Camboriú. O A destruiu sua família.

— Foi o asfalto que matou seu pai. Foi o asfalto. E seu irmão também.

Para o jovem de 9 anos de cabelos cacheados, o asfalto era o irmão do diabo. Todos temiam o asfalto, até vô Neco, que a mãe dizia que era "sabedor das coisas".

— Marcelinho, nunca brinque perto do asfalto; ele não perdoa. Você viu o que aconteceu com seu pai e com seu irmão.

Quando o pai morreu, o garoto soube o que era um sentimento misto: alegria e tristeza.

Foram-se o bafo de cachaça, as surras de caniço, o choro do irmão, o som seco das mãos do pai no rosto lívido da mãe, os gritos. Foi-se o pai.

Dizem que o pai de Marcelinho estava tão bêbado que queria encostar nos carros, no meio da pista.

— Vem cá, fia da puta! Te pego, olho de fogo!

A morte do pai trouxe o silêncio. A do irmão, o vazio.

Ricardo morreu porque "confiou nas pernas", segundo vô Neco. Quando a mãe e Marcelinho escutaram o estrondo, sabiam que não teriam pão para o jantar. Ele morreu escutando a primeira música da fita, segurando o walkman. Marcelinho achava que ele havia apertado o *stop* antes de morrer, e que isso era uma mensagem para ele, um sinal. Decorou a letra e passou a imitar a entonação de Renato Russo.

— Tá caduco, menino! Parece seu irmão, que Deus o tenha...

Ele gostava da comparação, e cantava ainda mais alto, com sua voz esganiçada. E escutava, escutava e cantava (embora não compreendesse de todo a letra).

"Parece cocaína
Mas é só tristeza
Talvez tua cidade
Muitos temores nascem
Do cansaço e da solidão
Descompasso, desperdício
Herdeiros são agora
Da virtude que perdemos..."

Palavras como tristeza, cansaço e solidão causam grande impressão em qualquer garoto, ainda mais quando se mergulha na tríade diariamente. Marcelinho batia ponto num pequeno amontoado de terra, perto do poço. Ele e seus dois carrinhos de plástico. E gostava de conversar com o pequeno morrinho, um pouco menor que ele, atribuindo a ele certa forma humana, em sua imaginação, claro. Dizem que sonhar com formigas é um sintoma da solidão. Marcelinho sempre sonhava com formigas. Elas o mordiam nos sonhos. Quando apareciam formigas em seu morrinho, ele voltava para o quarto, para o walkman.

"Há tempos tive um sonho
Não me lembro, não me lembro...

Tua tristeza é tão exata
E hoje o dia é tão bonito
Já estamos acostumados
A não termos mais nem isso...

Os sonhos vêm e os sonhos vão
E o resto é imperfeito..."

Vô Neco dizia que não sonhava mais, que o asfalto roubara seus sonhos.

— Há algum tempo, antes da duplicação, acordar era um milagre. Todos os meses o asfalto levava um — dizia vô Neco a Marcelinho.

Neco perdeu a mulher e três filhos para o asfalto. Sabia mais do que ninguém a força do bicho-lata, e do bicho-asfalto.

— Nunca brinque muito perto dele, pois o asfalto é tinhoso, está só esperando para engolir você, fique sempre próximo ao poço. Mais seguro.

Marcelinho gostava do poço, com sua água sempre fresca e limpa. Quando estava cheio, quase transbordando, passava horas admirando sua própria imagem, sempre ao som do walkman. O menino sempre foi uma pintura viva, talvez de Bonnard: os olhos tristes escondiam movimentos leves. Depois da morte da mãe, o garoto foi viver com vô Neco, do outro lado, o lado B, a dois quilômetros de onde vivia. Deixou de falar e passava horas e horas observando o movimento dos carros, e não havia um dia que não se lembrava de quando o barulho da buzina e da freada do caminhão eclipsou o último volume do walkman. Do poço, pôde ver as madeiras de sua casa voando.

"Disseste que se tua voz
Tivesse força igual
À imensa dor que sentes

Teu grito acordaria
Não só a tua casa
Mas a vizinhança inteira..."

Vô Neco chorava todos os dias, pela mudez de Marcelinho, por tudo, e imaginava o tempo que resta nos olhos do garoto.

Pais e filhos

João Anzanello Carrascoza

Durante quase toda a minha infância, de segunda a sexta, semana atrás de semana, havia uma hora sagrada para mim: era quando o telefone tocava, após o jantar, e eu podia ouvir a sua voz, me perguntando, *Filho, como foi o seu dia?* Sem saber o milagre que minha resposta podia produzir nele, eu apenas dizia, repetindo as palavras, *Foi bom,* e só muitos anos depois descobri que, do outro lado, meu pai as transformava, água, no vinho de seu silêncio.

Eu vivia o que me cabia, no meu tamanho de descobertas, era uma criança como as outras, saltava num instante de uma brincadeira para uma dor, e de uma dor para uma brincadeira, enchendo-me de balas e de sombras. Preso aos ensinamentos na sala de aula, ou distraído entre os amigos no recreio, eu me esquecia dele, embora no fundo esperasse com força pela hora de sua ligação. E, quando chegava, parecia-me uma hora comum, a voz dele longe, às vezes encoberta pelos chiados, às vezes tão próxima que eu a sentia em meu ouvido como o sussurro de um anjo.

Depois que ele se foi da casa onde morávamos, eu só o tinha àquela hora, e não compreendia por que passava tanto tempo sem vê-lo. No entanto, bastava o telefone tocar, à noite, para eu sofrer aquele susto bom, e, quando a mãe me passava o telefone, nem precisava ela dizer, *É o seu pai,* o rosto dele já reaparecia em minha memória e uma dolorida felicidade me queimava, eu quase não dizia nada — eu só queria arder nas labaredas daquele instante.

Então cresci. Com a exatidão dos astros, meu pai continuou a telefonar no mesmo horário, todos os dias, mas já não tinha o poder de me comover. Adolescente, eu vivia desarrumado por dentro. Estava atrás de minha verdade. Procurava o que havia dele em mim, e, quando encontrava — o sorriso igual, o mesmo olhar de despedida —, eu me negava a aceitar.

As linhas da vida me desviavam do seu caminho. Eu aprendera a atirar pedras, e ele era o meu alvo preferido. A hora, antes tão sagrada, se tornara maldita. Porque eu a queria imprevista. Eu me perguntava, a cada dia, *Pai, por que me abandonaste?*, atribuindo-lhe os pregos que o tempo cravava em minhas mãos.

Recusei-me muitas vezes a falar com ele, surdo para a mãe que vinha bater à porta do quarto, *Atende, é o seu pai*. Eu me fingia de Lázaro. *Vamos, atende, ele já ligou três vezes*. Não, eu não queria lhe abrir o meu mar — nessa época, eu mal sabia que o pai poderia, se quisesse, vir até a mim andando sobre as águas.

Os anos se multiplicaram, e, como um peixe, aprendi que todos estamos cercados de anzóis. A palavra do pai continuava a chegar, mas, vivendo os prodígios da liberdade, eu tinha pouca carne para o seu verbo.

Eu usufruía minhas mortes, e nada que ele dissesse me ressuscitaria de mim. Era um homem e não necessitava mais de sua providência. Mas não adiantou tentar a sorte em outras terras, a sua voz, ubíqua, sempre me encontrava: cheguei a desconfiar que não caía um fio de cabelo sem que ele ignorasse onde eu me escondia.

Há pouco o telefone tocou. A mãe me deu a notícia de que ele se foi, para sempre. Eu nem percebi que ele estava indo em cada uma daquelas ligações, quando me perguntava, *Filho, como foi o seu dia?* Agora, ante a ferida que se abre em mim, esta prece é apenas um band-aid.

Quando o sol bater na janela do seu quarto

Susana Fuentes

O sol entra pela brecha de uma das janelas do ônibus. Estou no escuro do vidro fumê com ar-condicionado, mas alguém raspou a colagem e aparece essa bola na janela que me devolve o contato com a paisagem. Um tapete de luz se estende, vejo a poeira brilhar no espaço diante do meu nariz. O verde-claro iluminado da folha da amendoeira encosta-se ao vidro, em pequenas ramificações um vermelho fino e escuro revela a transparência da folha contra a luz.

Mensagem de texto no celular: *Já estou aqui. E você, onde está?* Pode deixar, estou a caminho. O ônibus acaba de contornar a Lagoa, Botafogo, Praia de Botafogo, Flamengo, e da Glória é um pulo até o centro da cidade. No cartório tudo vai ser rápido e simples, o advogado me disse, e você sabe, se ele é comum a nós dois. Quando não há o que discutir, com a nova lei já se pode assinar lá mesmo o divórcio, sem juiz, no cartório. Quando não há o que discutir, repeti, e disse: sim. Invento um espaço na vida sem você. Tenho um mínimo de força, aproveito agora isso que me resta. Só para inventar este novo mundo. Criar uma ponta de esperança. Aqui dentro está tudo escuro. Mas tem a brecha na janela. E vejo o sol chegar. Porque ele não falha. Ele aparece, sempre. Já contei do sol no avião?

O sol no avião. Tinha medo de estar lá no alto. Um pontinho no céu, e eu lá dentro, a não sei quantos mil pés de altura e sem poder sair. Tirei as sandálias e comecei a andar pelo corredor da aeronave. Até que eu senti um calor no pé. E parei. Foi um alento, de repente alguma coisa ali me segurava, ali no alto me fincava no chão, finalmente algo palpável, que me dava o sentido da realidade, o sol invadia o corredor da aeronave através da única cortina aberta, ali deixei meu pé repousar e ele era mais forte que todas as dezenas de milhares de pés de altitude, ele me devolvia o chão. No calor, na luz, no desenho, a evidência de que o astro me protegia. A carícia no pé nu, dourado, o traço do molde no carpete. Já contei a você essa história. E você riu com espanto: "Mas o menos palpável ali era o sol!"

Desde então sigo o sol no plástico transparente dos toldos dos bares, nas folhas verde-claras dos galhos das amendoeiras no verão. Resplandecem, nascem, vigorosas. Invente. Digo para mim mesma. Agora. Crie. Um grito. O caminho é um só. Basta você se colocar em movimento. Para que tantas dúvidas, para que esperar? Quando o sol bater na janela do seu quarto lembra e vê que o caminho é um só. Lembra. Você já sabe. Só não sabe quem não quer. O sol nasce para todos. Mas como dói ver o livro rabiscado na sua letra. Abrir o livro sem você por perto é como entrar numa casa vazia.

Quando eu era criança, eu queria mudar o mundo. Vamos começar tudo de novo. Você já teve desejo e vontade de mudar o mundo.

Será cada um em seu caminho. Deixo a casa. Deixamos esta casa. Foi um grito de liberdade que não soubemos dar juntos. Quando o sol bater na janela do seu quarto lembra e vê que o caminho é um só. Um para mim, outro para você, no fim a gente se encontra, mas, se eu não for embora, não me encontro nunca. Não estamos parados, então, era assim que tinha de ser.

— Desculpe se atrapalho o sossego da sua viagem, trago aqui bala, bombom, paçoca, a cinquenta centavos cada pacote com cinco, o bombom você leva o pacote por um real, no pacote cinco bombons coloridos, diversão que não pesa no bolso.

— Ei, o chocolate.

Cada bombom no papel laminado, envolto em papel-celofane. Vermelho. Dourado. Verde. Azul. Lilás. Tiro um real do bolso do casaco e entrego ao vendedor.

— Ooooobrigado.

Você me deu a paixão pelas pequenas coisas, pelos detalhes. Abriu meus olhos para ver as sombras das folhas umas sobre as outras. As amendoeiras, suas folhas verdes sob a luz, centenas de sombras. Ah, mas fui eu quem lhe deu o Rilke, com as rosas lhe devolvi num livro. Eu dançava, e o vento, eu criava o vento. Que você me devolvia em música. Os quartetos de Beethoven, as músicas do filme do Wim Wenders, o jazz, o saxofone, *My one and only love*... Eu estava no meu caminho e você me mostrou o circo, andávamos com Fellini, Chaplin, Groucho Marx, Jacques Tati. E agora, nesse filme que acaba, ouço de novo o mar e as ondas, na quebra das ondas aparecem os créditos como nas férias do Monsieur Hulot, *Les Vacances de Monsieur Hulot*, o filme novamente. Mas, vejo, começa de outro jeito. Quando o sol. Na brisa de abril.

E o único fio para recuperar a vida acabrunhada é esse da vida das coisas. O papel na mesinha à janela, a estampa da sacola azul e branca, o outro papel enrolado para o próximo presente, faço reverência no espaço recheado de pequenas coisas. Com licença, chão, porta, maçaneta, poeirinha embolada que acaba de cruzar o corredor. Puxem-me de volta à vida, deixem-me ser sua companheira de quarto, vivamos juntos nesta página, nesta casa, deixar a casa habitar a página por algum tempo.

A sua carta antiga, sua primeira carta, era um jogo, tiramos na sorte o bilhetinho com seu nome, e o meu em outro bilhete escrito, a decidir quem daria início à troca de cartas. Morávamos no mesmo bairro, eu no alto da montanha e você bem alto no edifício lá longe, podíamos enviar sinais luminosos no céu de Laranjeiras. Havia descoberto um ângulo estratégico onde éramos visíveis um ao outro. A distância era grande, não captávamos nossas formas à luz do dia, só o brilho das luzes à noite. Eu me espichava no telhado com o lampião a gás, posicionado dentro de uma caixa de papelão, o amianto me hipnotizava igual à luz dos pipoqueiros, eu abria e fechava o estojo de madeira sem fundo, portinhola abre-e-fecha da caixa para deixar passar o brilho. Você acendia e apagava a lâmpada da varanda, no código que inventei e passei a você por carta. Depois íamos ao telefone confirmar nosso diálogo mudo. Foi bem do outro lado da linha que você tirou a sorte, era natural acreditar que não haveria trapaça, e o nome sorteado foi o seu, você escreveu a primeira carta. Foi a primeira vez que você falou das folhas, do emaranhado de sombras na copa das árvores, da árvore.

Entre minhas folhas a sua carta, e, no trançado das linhas de um negro esmorecido, o papel tem sua cor própria, amarelo-tempo, mas não apenas envelhecido, uma luz salta dali, um reflexo cobre como se em outros tempos... se envelhecesse vermelho.

Mas, já disse, como é difícil mexer nas caixas e encontrar o que um dia foi seu. Abrir um livro e ver sua letra a lápis numa anotação curiosa. Um traço sublinhando uma palavra, ou, o que é mais frequente, frases inteiras... Ressaltadas entre parênteses, e em seguida ponto de exclamação.

Outra mensagem de texto: *Estou no quinto andar. Tem de pegar o elevador até o quarto andar e subir uma escadinha.* A ruazinha no centro da cidade, ali está o cartório. Subo as escadas, apesar do elevador de vidro. Lá está você, um pouco assustado, eu também, tiro um papel brilhante da bolsa, o pequeno pacote reluzente, colorido, ofereço o chocolate. Você adora a surpresa, os atendentes arregalam os olhos, aceitam um bombom, eu pergunto, e tem café? De repente cada um traz na mão seu papel laminado, eu mesma, você, as duas testemunhas, a escrevente substituta guarda o chocolate para depois, o advogado ficou sem, não tem problema, está de dieta, podemos ler e assinar os papéis, o assistente é uma das testemunhas, a outra é o nosso amigo em comum, veio nos encontrar.

Ler o texto da certidão, e assinar. Na época do casamento você ainda não tinha escrito o seu livro, nem as minhas esculturas já tinham me levado a algum lugar, e agora no texto do divórcio faltava uma atualização, nos sentimos injustamente rotulados por nossas antigas profissões, é a única coisa que quisemos reivindicar, o direito no texto às nossas identidades. E, finalmente, assim se extinguia a sociedade matrimonial, como se lia na certidão, sem bens a partilhar, mutuamente dispensando-se de qualquer retribuição... como estava no papel. Nossa divisão já tinha sido feita, no café da nossa livraria no turna, com a participação do mesmo amigo presente. Fizemos uma lista do que tínhamos de mais importante para repartir: os livros, os discos, as delicadas estantes de madeira de pinho-de-riga garimpadas na rua do Lavradio, que trouxemos para casa quando começávamos a organizar os nossos livros.

Como tem sido difícil escutar sozinha os CDs que escutávamos juntos. Até aos filmes do Jacques Tati tem sido difícil assistir, porque, em vez de rir, fico triste, vem a melancolia, a dor. Mas não dava mesmo para sermos amigos sob as cobranças da, como lemos agora?, sociedade matrimonial. Não sabíamos que tudo isso era um contrato, pensávamos que era só uma vida a dois. Mas não, regras são regras, e essas foram feitas há muito tempo, séculos e séculos. Apenas queríamos um ao outro, e continuar as nossas descobertas da vida. Não dava para ser assim. Até pouco tempo atrás, poderíamos mudar o mundo.

Até bem pouco tempo atrás, Poderíamos mudar o mundo, Quem roubou nossa coragem? E esta música que hoje num ímpeto começou a tocar numa faixa da memória. Ela me trouxe para o estado em que estou agora, sim, achei o CD, estava mesmo comigo, quero ouvir sempre, ouvi a banda hoje antes de botar o pé na rua.

O elevador do cartório. O elevador e a parede interna do cartório são de vidro transparente verde e claro, nada de filme escuro violeta, assim deixam, para meu espanto, entrar a luz. Aquela cor insiste em meu caminho, desde as folhas das amendoeiras, verdes e claras. *Sweet almond leaves. Wild almond leaves.*

A escrevente já abriu o bombom e acaba de provar um pedaço, serve-se do finzinho de café na garrafa, pede para vir outra.

— Foi ótimo, obrigada! — disse, e tinha um sorriso no rosto.

Depois passou a moça com mais uma bandeja de café e nos contou:

— Vocês não imaginam como estava isso aqui agora mesmo.

— É verdade — disse a escrevente num suspiro de alívio —, estávamos transtornados, para nós essa novidade, da nova lei, assinar o divórcio sem a presença do juiz no cartório... mesmo que aqui só venham se estão todos de comum acordo, nada mais a resolver, que nada... Os dois que acabaram de sair não queriam olhar um para a cara do outro, ela só subiu a muito custo depois que ele desceu, isso para não contar o que disseram um ao outro.

A essa altura já estou tomando minha segunda xícara de café novinho. Tiro da bolsa uma lata de biscoitos redonda e pequena, na tampa sob o laço de fita o desenho de um gato amarelo. Nosso gatinho, ele mandou para você. O gato dourado, a cara do pai. Até sua mãe já disse da foto dele em preto e branco, é mesmo a cara do meu filho, os olhos, como é que pode?

A atendente experimenta um biscoito da lata. Sem jeito, tira mais um biscoito. Não se contém:

— Quanta consideração. Puxa vida, voltem sempre. Podem se casar de novo e vir aqui se separar mais uma vez.

Assim, descemos as escadas, rindo, não há nada a fazer, apenas aceitar a dor, e começar ali, um passo e outro, na calçada da rua do Carmo, um novo caminho, o céu está azul, o cartório cada vez mais distante, os funcionários tranquilos estarão ainda com um sorriso de contentamento esquecido no rosto, nas amendoeiras a folhagem verde acabou de brotar, sim, não vamos deixar ninguém roubar nossa inocência, nossa coragem.

Monte Castelo

Wesley Peres

"O Monte Castelo já não era mais um simples objetivo a conquistar, mas um desafio a enfrentar e executar, cujo desfecho ou seria a consagração apoteótica ou a ruína acabrunhadora."
Para o coronel Manoel Thomaz Castello Branco, oficial de comunicações do 1º Regimento de Infantaria da Força Expedicionária Brasileira, sobre a tomada de Monte Castelo, foi mais do que só uma manobra militar bem-sucedida. (Revista *Veja*, edição especial online)

1.

Segundo lemos em Platão, Diotima, a sibila mais famosa de todos os tempos, Diotima costumava dizer que só os tolos não sentem inveja nem se envaidecem, e de que nisso consiste a estultice de amados e amadores. Quando se tem uma história trágica, sempre a sensação de que se está acordado enquanto todos dormem. Bem, então se tem uma história. Quanto ao valor de se ter ou não uma história, isso é outra coisa. H. se ocupa desses pensamentos que o ocupam, que ocupam seu tempo (ele mesmo transcorrendo, pulsando, aproximando-se da morte). H. se ocupa desses pensamentos enquanto faz uma coisa tão prenhe de enquanto: almoçar. Com uma delicadeza que não possui, maneja os talheres a fim de produzir distância entre o osso e a carne de frango. O garfo vai ganhando o tom amareloengordurado que, justamente, intensifica em H. a tendência a pensar coisas do tipo Quando se tem uma história trágica parará-parará.

H. sabe que vive a vida que se espera de alguém que tenha tais pensamentos intensificados por tais matérias amareloengorduradas, e isso é estar acordado enquanto todos dormem, e isso é insônia, uma espécie de, vá lá, uma espécie de insônia existencial. Não tem a sorte de ser idiota. Não tem a sorte de ser ignorante. Nem uma coisa nem outra, ao menos. Então que come a carne de frango praticada naquele restaurantezinho de esquina de centro de cidade, mas com comidinha benfeitinha. Olha para o garfo e se pergunta se aquilo é algo atávico ou o quê. Ninguém da família ou que ele simplesmente conheça tem o ódio asco a comidas amarelentas, sobretudo a comidas contaminadas com açafrão. Mas mesmo assim come. Não conhece mesmo alguém que tenha ódio asco de algum tipo de comida e que mesmo assim a come.

Ele come. Se deu conta, de si para si e há tempos, que a vida é mesmo algo a que a gente se apega de um modo irracional, não se sabe por que mesmo, ele, ao menos, não sabe, não faz ideia de por que teme tanto a morte, se acha a vida chata, chatíssima, monocórdia, plana, linear e, claro, amarelenta — impressão intensificada por esse sol sólido da cidademquemora, mais quente do que a urina do Diabo.

Então, o apego ao medo da morte era a coisa em torno da qual se organizava o que H. era e, mesmo e sobretudo, o que ele não era. Evidente, tinha um trabalho, devia comer e comia. Namorava Ana, e Ana possuía ou era possuída por um corpo tipo violão do qual ela reclamava muito sabe-se lá por quê, porque, afinal, nenhum homem reclamara nem reclama, deve ter algo a ver com a mãe também de corpo violão cujas reclamações entraram ouvidoadentro de Ana desde quando ela tinha ouvidos.

Sim, existia o corpo violão de Ana. E Ana, além disso, falava coisas, fazia coisas que muito apraziam a ele, H. Ana, uma evangélica bem desevangelizada na cama, graças ao bom Deus e suas lendárias linhas tortas. Existia um trabalho, H. era escrivão. Não, não, sua vida não era mesmo das piores, nem lhe faltava um dos pés nem uma das mãos parará-parará. Que merda esses pensamentos idiotas, que, quando a gente pensa, já fomos pensados por eles — os pensamentos idiotas.

Sim. Não. Não era idiota, sabia. Mas se sentia idiota de algum modo. Ou de todos os modos. Era o cara que todo mundo achava inteligente mas que não usava todo o seu potencial. Que caralho é isso, POTENCIAL? Gostava mesmo era do evangelismo desevangelizado de Ana — nada potencial, mas presente encarnado em suas coxas grossas e cintura fina finíssima e seios pequenos pontudos e o rosto mais ou menos bonito, o que dava mais tesão ainda, e sua inteligência medular parará-parará, e era isso que, de certo modo, do modo possível, o enredava em sua vida chata monocórdia.

2.

Quando se tem uma história trágica. Bem, então se tem uma história. Quanto ao valor de se ter ou não uma história, isso é outra coisa. H. se ocupa desses pensamentos que o ocupam, que ocupam seu tempo (ele mesmo transcorrendo, pulsando, aproximando-se da morte). H. se ocupa desses pensamentos enquanto faz uma coisa tão prenhe de enquanto: almoçar. Com uma delicadeza que não possui, maneja os talheres a fim de produzir distância entre o osso e a carne de frango. O garfo vai ganhando o tom amareloengordurado e foi mesmo nesse dia em que ele observou quão amarelos engordurados são os garfos amareloengordurados que ele passou, sabe-se lá por que e apesar das coxas grossas e da cintura fina finíssima de Ana e do rosto mais ou menos bonito, o que dava mais tesão ainda, e sua inteligência medular, foi mesmo nesse dia que ele passou, e ele não entendia isso, ele passou a, na hora de comer Ana, na hora que o pau dele sentia o por dentro molhado dela, ele passou a associar o por dentro molhado dela ao amareloengordurado dos garfos amareloengordurados, e então um certo nojo náusea sabe-se lá que nome tem ou deixa de ter isso, sabe-se lá por quê, ele passou a brochar, coisa que nunca tinha acontecido antes — quando ele com Ana.

3.

Mas não isso ainda o trágico da história trágica entre Ana e H. O problema todo, a máxima perturbação começou quando, dias depois, as brochadas cessaram e, ao contrário, pensar no por dentro molhado de Ana ser em tom amareloengordurado passou a causar em H. um tesão nunca sentido, um reviramento, um ultrapassamento que, enquanto transavam e, sobretudo, na hora-orgasmo, fazia-o gozar de tal modo que doía, e cada vez mais doía e quanto mais doía, mais ele gozava e o gozo dele passou a deixar Ana numa espécie de estado de gozo ininterrupto, ela gozava com o gozo dele, de modo que ele, H., e ela, Ana, transaram-transavam N vezes ao dia, e entre uma e outra transa eles se apalpavam e se lambiam.

Mas isso era só o começo do trágico da história trágica entre Ana e H.

Sim, sim. Os dois de acordo, como se, entre homem e mulher, harmonia existisse: N vezes ao dia transavam, N vezes gozavam, e entre uma e outra transa se apalpavam e se lambiam. E se mordiam, e a circunscrição do que podia se alargava, e se alargava também o pedaço da noite e do dia em que Ana e H. gozavam um do corpo do outro do jeito que um e outro bem entendiam.

Cada vez menos se alimentavam. Cada vez menos bebiam água. Nem mesmo se lembravam de emprego dinheiro e tal. Ambos demitidos, e daí? Havia o FGTS e outros direitos e etc. Havia a morte — que não de um tempo-lugar incerto, mas de dentro do corpo humano, cada vez mais, os dois bem sabiam —, havia a morte que aproxima o corpo de seu fim. Nem um nem outro se enganava, a crença de ambos se resumia à palavra extinção. Extinção em seu pouco a pouco, ou num súbito desaviso, extinção inscrita no instantâneo necessário para da vida se passar à morte.

E um corpo morto, disse ela a ele, um corpo morto não goza. Frase-epígrafe definitiva do radical hermetismo em que se fecharam aqueles dois corpos, fingindo-se de um.

4.

A dor que desatina sem doer é o trágico da história trágica, ou pelo menos aquela última gota que move o mundo mais do que um mar inteiro ocorreu no dia em que, sem mais nem menos, como tudo na vida em geral, no dia, ou melhor, na noite em que ambos resolveram ir ao cinema e, então, assistiram a um filme lá que eles nem prestaram atenção no nome, mas prestaram atenção no filme, e depois de muitos dias, enfim, passaram um tempo sem transar ou parari-parará.

Mas prestaram atenção no maldito filme estrelado por Marlon Brando e uma Maria sabe-se lá o quê, e prestaram muita, muitíssima atenção em uma cena com manteiga, que nada tinha ou tem a ver com as propagandas família feliz de margarina de manteiga e sabe-se lá mais o quê, e H., sobretudo, prestou atenção demais, e sabe-se lá por que transmutações químico-psíquico-sabe-se-lá-mais-o-quê ele passou, mas o certo é que enlaçou de modo inextricável a sua intricada fantasia amareloengordurada ao amareloengordurado da cena sodomagomorrenta do filme e, então, ele, H., queria porque queria, questão de vida ou morte, meter no cu de Ana, e Ana veio que com três que-qui-cê-tá-pensando-de-mim e, então, H. não meteu o pau no cu de Ana, e tinha sonhos amareloengordurados com o cu de Ana, e poluções noturnas, e já não conseguia mais nem mesmo transar com Ana, pois só pensava em.

5.

Uma semana depois da fatídica sessão de cinema, H. veio me procurar no consultório. Falou de muitas coisas amareloengorduradas até chegar ao cu de Ana, até dizer que em toda sua vida e em toda sua morte (disse exatamente assim) não há nada que ele desejava pensava a não ser em meter no cu de Ana e esporrar-se para dentro do cu de Ana e que sabia que isso era loucura mas que para além do amor e de Ana estava o cu de Ana, e que isso era um desejo de morte e que, além do mais, já não se disse que: o amor é um ter com quem nos mata?

6.

Depois me disse que tinha algo a me contar que só podia contar por escrito, e que tinha escrito sobre como seria me contar aquilo, como seria aquilo, e qual seria minha reação depois de saber aquilo etc.:

Um dia, assim, a gente andando, ou parado, ou parado e andando, numa rua, ou na sala de casa, ou na cozinha do vizinho, da vizinha, comendo macarrão ou a. Um dia, assim, um sol e meio, Deus se dizendo pelo vento que não sopra. Um dia, sem mais nem menos, sem mais ou menos, sem talvez. Um dia, o indicador no nariz, trabalhando ferozmente, modorra pra caralho e, então, a gente descobre.

A morte.

Disse isso pro analista e o analista riu. Riu. Sim, a gente um dia descobre que morre, que a máquina de morrer trabalha mansamente. Modorra sem caralho, na assepsia da sala arcondicionada do analista. Ele riu. Evidente que tudo o que eu dissesse e o que eu não dissesse seria usado contra mim.

Eu e Ana, nunca nada de trepada por trás. E era isso que a gente discutia, na cozinha, quando eu descobri. Com grande retardo, sim. Simplesmente, por volta das três e quinze, eu soube.

Eu estava de costas. Olhos para o fora da janela. Ouvi um pã e só. Depois vi. Ana no chão, de costas, na mão o pote de manteiga, e aquela sensação idiota de que os vivos são mais belos quando mortos, e de que só o amor, só o amor conhece a verdade.

Meninos e meninas

Miguel Sanches Neto

É preciso passar por muitas decepções para merecer de novo o primeiro amor. Era nisso que Francisco pensava depois daquele encontro que lhe devolvera tudo que fora perdendo. Não sabia para que voltara à cidade de sua infância. Já não tinha parentes ali, todos haviam partido na mesma época, mais de duas décadas atrás, sem deixar vínculos. Nunca sentira necessidade de rever as ruas empoeiradas por onde vagara em tardes quentes e em noites abafadas. E foi uma surpresa para ele próprio quando decidiu fazer a viagem.

Ao contar a Marcos que voltaria para a antiga cidade, o outro não demonstrou nenhuma reação. Vinham sendo assim as coisas entre eles. No que tinham se tornado? Em dois velhos prisioneiros na mesma cela, cada um aguardando a liberdade. Quando conheceu Marcos, ao entrar na faculdade, dois anos depois de ter se mudado para Curitiba com a família, ele tinha uns vinte anos a mais do que Francisco. No começo, era o jovem ao lado do dono de todas as senhas. Tornou-se primeiro orientando dele, começou a viajar com a turma para encontros em outros lugares, e quando sua família, na velha sina cigana, seguiu para o interior paulista, ele ficou meio desnorteado. Tentou morar na Casa do Estudante, mas não suportava a vida improvisada e gregária; era um filho de família, acostumado ao sanduíche pronto na geladeira quando chegava em casa para dormir.

Reclamou disso ao professor que o incentivava tanto.

Posso cozinhar para você, propôs Marcos, umedecendo as palavras.

Os dois estavam sozinhos na sala de orientações. A noite vinha chegando, e aquele era o horário em que Francisco ia para casa, tomando dois ônibus, quando lia livros tirados da biblioteca da universidade, onde ele gostava de gastar as horas de folga, sentado nas imensas poltronas revestidas de couro cinza. Ao entrar pela primeira vez na biblioteca daquela que era a primeira universidade do país, fundada pelos positivistas, sentiu que tudo mudaria. A alegria era a paz de perder-se entre estantes e livros, ler enquanto estava ali e levar livros para casa, modificando a rotina doméstica. Então, depois de ter passado o dia todo no prédio da faculdade e de ter comido no restaurante universitário, ele partia, levando em sua mochila de estudante aquela outra possibilidade de ser. Em casa, comia o sanduíche preparado pela mãe, ficava uns minutos na sala de tevê com os pais e a irmã, tomava um banho e rumava para o quarto, chaveando a porta para se perder nas páginas de um livro meio contrabandeado. Para evitar intrusos, fingindo que dormia, punha ao pé da porta, vedando a fresta, um cobertor enrolado. No outro dia, na hora do café, a mãe se preocupava com suas olheiras.

Por mais que durma, você parece tão cansado.

Ele se irritava com essa preocupação excessiva. Não queria que ela culpasse os estudos. Por isso, escondia aquela compulsão.

Quando a família se mudou, Francisco passou a sentir falta daquelas preocupações que o irritavam tanto. Não podia mais se trancar para ler ao longo da noite. Todos queriam fazer bagunça no quarto coletivo.

Gosto de comer fora, ele mentiu para Marcos.

E, durante aquela semana, evitou ficar sozinho com o professor. Saía mais cedo do andar onde funcionava o curso, ia para a biblioteca e ficava lendo até a hora em que ela fechava. No caminho para a Casa do Estudante, comia em algum boteco.

Por estar precisando de um livro difícil de encontrar, para um trabalho sobre literatura barroca, teve de recorrer a Marcos. Sim, ele disse, tenho esse livro. Mas está perdido lá em casa.

Você pode me trazer?

Não terei tempo de procurar. Mas você pode ir lá quando quiser.

Conversaram sobre outras coisas antes de o jovem ir embora. No dia seguinte, Marcos se encontrou com ele no elevador. Não quer passar em casa hoje para dar uma busca ao livro?, disse isso se aproximando.

A sua intenção era deixar o professor sem resposta, parar no andar da biblioteca e continuar a leitura que estava fazendo. Agora não retirava livros. E era comum chegar no dia seguinte e ver que justamente o *seu* livro tinha sido emprestado. Esperaria semanas para voltar a encontrar a obra na prateleira. Por isso, todas as noites ele chegava meio ansioso à biblioteca.

O elevador acabou parando no térreo — tinha se esquecido de apertar o botão do primeiro andar —, e ele seguiu ao lado de Marcos até o carro dele, que ficava num estacionamento perto da universidade. Não falaram nada nesse trajeto. A boca de Francisco estava seca.

Quando abriu a porta, viu o interior do carro cheio de livros e cadernos e papéis. Era uma réplica da biblioteca. E ele se sentiu confortável ali. Marcos tirou livros do banco do passageiro, jogando-os na pilha transbordante da parte traseira. Ele entrou aspirando o cheiro de papel velho e poeira, o mesmo que identificava na biblioteca da faculdade.

Seguiram conversando sobre trabalhos escolares e leituras. O apartamento não ficava muito longe. Pararam na garagem do prédio e subiram pelas escadas até o primeiro andar. Marcos acendeu as luzes e deixou a bolsa na sala. Havia quadros tomando conta das paredes, móveis sólidos, tapetes, livros que invadiam todos os espaços, embora em ordem.

Então Marcos o levou à suíte do apartamento, também invadida pelos muitos volumes; apesar das estantes, havia pilhas de livros no chão.

Acho que deve estar ali, disse Marcos e apontou para um dos cantos do quarto.

Ele saiu, e o jovem começou a procurar o livro. Parava olhando os títulos, tirando um ou outro do lugar e folheando para ler parágrafos avulsos. Não sabe quanto tempo passou nisso, e nem se assustou quando Marcos apareceu na porta dizendo para que lavasse as mãos no banheiro da suíte, o jantar estava pronto.

Ele entrou nesse outro cômodo, viu a banheira transbordando de livros, o armário também repleto de volumes, o chão com caixas e sacolas cheias de obras provavelmente compradas em sebo; no meio dessa confusão, avistou a pia, único espaço desimpedido. Mesmo a caixa de descarga do vaso sanitário servia de prateleira. Lavou as mãos, vendo uma água preta escorrer na louça. Enxugou-se em uma toalha branca, com as bordas rendadas. Bagunça e ordem, uma estranha mistura.

Na sala, encontrou a mesa posta, uma garrafa de vinho num balde com gelo e um castiçal para uma única vela, uma vela meio disforme, grossa e já usada, parecia um pênis empinado, vertendo pelas laterais o seu líquido. As lâmpadas estavam acesas. Quando ele se sentou, Marcos apagou a luz. Ficaram iluminados apenas pela vela.

Sirva-se, disse Marcos.

Ele tinha preparado uma lasanha suculenta, salada de folhas verdes com manga em cubinhos. O vinho foi servido na taça dos dois enquanto Francisco tirava salada, regando-a com azeite de oliva. Ao colocar as folhas na boca, sentiu seus lábios se tornarem oleosos, e isso o incomodou.

Achou o livro?

Ainda não.

Depois eu ajudo.

E os dois pegaram os copos de vinho ao mesmo tempo. O jantar foi silencioso. Eles viam os reflexos das luzes dos carros na rua próxima, mas ali havia somente sombras. Marcos se ergueu para colocar mais vinho na taça de Francisco, a mesa era redonda e pequena, apenas para duas pessoas, e ele não recuou ao sentir nos seus os lábios do professor. Um beijo rápido, quase acidental, mas que fora muito bem planejado.

Tomaram de uma vez a última taça de vinho e começaram a tirar os pratos. As luzes tinham sido acesas. Eles já conversavam como íntimos. Não lavariam a louça, mas ordenaram tudo na pia. Jogaram restos. Recolheram ao lixo a garrafa vazia, que agora tinha a inocência de um brinquedo.

Vamos ver o livro.

Na biblioteca, ficaram ombro a ombro procurando pela lombada aquela obra que havia aproximado os dois. O nariz de Francisco estava muito próximo da prateleira, e o cheiro de papel tomava conta de tudo. Não havia um perfume melhor no mundo. Uns dez minutos depois, Marcos sacou o livro de um canto da estante. Parecia ter sido posto propositalmente ali, num local meio escondido. Francisco pegou o volume e folheou. O professor se afastou, sentando-se na única poltrona do quarto.

Bem, agora vou indo, disse Francisco, guardando na bolsa o livro.

O outro se levantou e saiu, como que para não constranger o visitante, que segurava com as duas mãos a mochila.

No corredor, Francisco viu a porta do outro quarto aberta e, ao passar por ela, devassou aquele ambiente com um olhar ligeiro. O professor estava de costas para a porta, mexendo na gaveta da cômoda. Ele viu que a cama era de casal e tinha dois travesseiros imensos.

Ficou esperando na sala. Marcos apareceu com um relógio.

É para você.

Por que isso?

Era de meu pai, eu não uso. E notei que você não tem relógio.

É melhor não.

Pegue. Não tem nenhum valor. É um relógio antigo. Dê corda nele e acerte as horas.

Francisco pegou o relógio, girou o pino áspero na lateral da caixa até que ele endurecesse, depois puxou o pino para a frente.

São nove e quarenta e cinco, anunciou Marcos.

Ele acertou os ponteiros e colocou o relógio no pulso.

Agora tenho de ir, está tarde.

Os dois se aproximaram da porta.

Durma aqui esta noite.

Francisco se fixou nos olhos brilhantes de Marcos e depois olhou a mesa, onde a vela ainda queimava, apesar da luz das lâmpadas. A mão de Marcos foi em direção da parede e apertou o interruptor.

A partir daquela noite, não precisou mais da biblioteca da faculdade. Muitos eram os livros para ler na casa de Marcos. As leituras aumentaram e logo se formou, entrando na pós-graduação. Em poucos anos, trabalhava em uma escola internacional. Não eram mais o jovem e o intelectual maduro, pupilo e professor, gafanhoto e mestre. Apenas dois senhores, um já meio grisalho, que faziam o mercado juntos, embora Marcos raramente cozinhasse. Comiam em restaurantes diferentes, e à noite era Francisco quem preparava alguma coisa.

Marcos gostava de festas, e sempre tinha para onde ir nos fins de semana. Ele punha a sua melhor roupa, e só voltava no começo da manhã, a boca mole de quem muito bebera e muito beijara.

Francisco não se lembra exatamente quando deixou de se interessar pela biblioteca de seu ex-professor. Provavelmente quando começou a trabalhar. Podia ter seus próprios livros, segundo suas preferências. Passou a precisar de um espaço próprio. E resolveu se apropriar do quarto de empregada e de parte da lavanderia para deixar suas caixas de plástico duro onde ele recolhia os seus livros. Assim que enchia uma caixa, apenas com os livros lidos, guardava-a, colocando uma folha com a lista dos títulos, para localizar quando precisasse deles.

Não havia solidão para quem tinha livros, dizia para si mesmo em suas noites de leitura. Preparava um miojo, acrescendo requeijão e presunto picado, abria uma latinha de cerveja e comia aquela comida de solteiro. E era assim que agia no serviço, como solteiro. Conheceu alguns rapazes com a idade que ele tinha ao entrar na faculdade. Estiveram juntos, hospedando-se em hotéis do centro para prazeres rápidos. Prazer rápido é redundância, ele pensava. Em alguns momentos, quando subia sobre aqueles corpos brancos e sem pelos, ele se via em sua própria adolescência. Era um espelhamento. Quem estava ali sob seu corpo, já meio pesado e escuro, era uma versão antiga de si mesmo. E isso o constrangia, por melhor acompanhado que se encontrasse.

Enquanto procurava um livro que queria reler, falou para Marcos que voltaria para sua cidade natal. O outro não revelou a menor contrariedade. Sinal de que esperava longamente por esse momento. Francisco devia concluir tudo.

Como pretendo ficar muito tempo, vou tirar minhas coisas.

Para onde vai levar os livros?

Francisco não sabia, então mentiu.

Aluguei um quarto na casa de uns amigos.

Não precisava. Podia ser na volta.

Não quero incomodar.

Você nunca incomoda.

E os dois se beijaram. Um beijo duro de despedida.

Agora ele estava de volta à sua cidade. Chegara com uma mala cheia de roupas novas; os livros haviam sido levados para um depósito na escola onde trabalhava, e da qual tirara licença. Dera as roupas velhas; não levava nenhum objeto do apartamento. Tudo ficaria para Marcos. Tentara devolver-lhe mesmo aquele relógio, não sem algum dó, pois se afeiçoara a ele.

Fique para você, Marcos insistiu.

Ele faz com que eu sinta que meu tempo não é meu.

Nenhum tempo nos pertence.

O relógio pendia da mão de Francisco, mas Marcos não o tomava. Eles então se separaram. O relógio seguira na mala, não o usaria mais.

A sua cidade continuava a mesma. Umas casas novas tinham surgido no centro. Estabelecimentos mudaram de nome, e provavelmente de donos, mas sem perder os aspectos de antes. Ele se reconhecia na cidade ainda mais deteriorada do que no passado. Ficou no único hotel. Quando a recepcionista perguntou o motivo da viagem e quanto tempo iria ficar, respondeu não sei. Tem de pagar adiantado uma semana, ela disse e ele riu. Estava preso ao passado, e agora devia criar um pequeno futuro. Pagou o mês todo, pedindo um desconto. E subiu para o quarto, que dava para a avenida.

Dormiu aquela manhã e só saiu na hora do almoço. Havia muito sol e poeira, e ele ficou com vontade de beber algo. No bar onde na adolescência jogara sinuca clandestinamente, pediu cerveja e sanduíche. Não falou com ninguém. Comeu e bebeu em silêncio. Depois saiu para caminhar. Entrou na igreja matriz, não sem alguma revolta. Tinham cortado todas as árvores da praça, plantando flores e arbustos no lugar delas. E o telhado da igreja, antes de telha de barro, recebeu folhas de zinco. Mas, no interior, tudo era igual ao passado. Os bancos escuros, o Cristo esculpido em uma madeira meio avermelhada, os vitrais coloridos. Em um deles, notou que um vidro transparente criava uma descontinuidade na cena de Cristo carregando a cruz. Bem na parte do rosto do filho de Deus.

Rezou as orações de outrora, fez o sinal da cruz. No canto, o confessionário era o mesmo onde, antes da primeira comunhão, revelara seus pecados. Vinha se masturbando. Tinha desrespeitado pai e mãe. Espiava a irmã no banho. Amarrara uma bombinha acesa no rabo de um gato, que acabara pitoco. Prendia latas nas patas dos cachorros, que quanto mais corriam mais se assustavam com o barulho que os perseguia. Não entraria novamente no confessionário para contar ao padre de plantão tudo o que fizera depois disso. Já não acreditava em pecado. Embora sentisse nostalgia da beatitude.

Voltou para o hotel e dormiu o resto da tarde. Assim foram os outros dias. Ele se levantava tarde, tomava café no refeitório, saía para uma caminhada, almoçava em algum lugar, dormia depois do almoço, para sair à noite e ficar bebendo pelos bares. Viajamos para fugir da solidão e só encontramos mais solidão.

Em uma das caminhadas matinais viu Bete. Não com o corpo próprio de sua idade. Mas com o corpo de quando eram jovens. Encontrara um ou outro conhecido, até chegara a conversar com eles, sem nenhum sentimento de identificação. Todos queriam saber o que ele fazia na capital. Quanto tempo pretendia ficar? Como estavam os pais dele? Francisco providenciava respostas ligeiras e logo se despedia. Agora, ao ver Bete, ficara transtornado. Nem o olhara. Como o tempo podia não ter passado para ela? Aqueles anos todos não existiam para seu corpo. Ela permanecera menina. Seguiu-a de longe, olhando suas pernas brancas que vazavam do vestido curto. Lembrara-se então de seu último período de férias escolares, que ele passara inteiro na piscina do clube. Chegava de manhã, quando as meninas estavam tomando sol, tirava a roupa, guardando-a num armário na entrada da piscina, junto com os chinelos, e entrava na água só de calção. Aos poucos, foi tomando coragem e se aproximando das meninas. De tanto se encontrarem ali todas as manhãs, tornaram-se amigos. Ele pedia um sanduíche no bar do clube, e não ia para casa nem para almoçar. Quando, no fim da tarde, o corpo enrugado de muito ficar na água com cloro, ele voltava, sua mãe o recebia na cozinha com um bolo e um copo de leite gelado. Estava faminto, queria açúcar, muito açúcar.

Num dia de chuva, ele encontrara apenas Bete na piscina. A água, geralmente fria, estava mais quente do que a chuva. Ficaram nadando juntos. Quando saíram, sentaram-se na borda da piscina, sentindo nas coxas a aspereza do cimento, e começaram a conversar. Logo estavam se beijando. Depois, ele pulou na água e ficou alisando as pernas de Bete, mergulhadas ao seu lado. Namoraram todo aquele verão. Ele foi embora quando começaram as aulas.

Naquela perseguição à antiga namorada, ele chegou ao endereço em que a levava no passado. Era uma construção de madeira, e tinha envelhecido muito. As tábuas, antes novas e pintadas, encontravam-se podres, escuras de bolor. Bete habitava uma casa que envelhecera por ela. Francisco pensou que algumas coisas se mantinham inalteradas à custa da velhice rápida de outras. Toda a cidade tinha sofrido a passagem do tempo para que ela continuasse menina.

Como um adolescente, começou a passar na frente da casa de Bete. Todas as manhãs, iniciava seu passeio por aquela rua. Em uma das vezes, encontrou-se com ela saindo do portão. Não resistiu e a cumprimentou.

Oi, Bete.

A menina o olhou no fundo dos olhos, e deve ter visto o carinho que eles escondiam. A cidade já devia estar informada de quem ele era, embora ninguém soubesse para que voltara. Nem mesmo ele sabia. No fundo, voltara para percorrer infinitamente as ruas da cidade. Para reviver tudo. Quando se encontrava com algum conhecido, no entanto, fugia depois de trocar umas poucas palavras. Agora, descobria que voltara para rever Bete. E ela estava ali, linda e luminosa.

Bete é minha mãe. Meu nome é Keila.

Desculpe.

Todo mundo diz que sou muito parecida com minha mãe.

É verdade.

O senhor era amigo dela.

Era.

Como é o nome do senhor?

Francisco.

O senhor não mora mais aqui?

Hoje, de certa forma, moro.

Mas não morava?

Não, não morava.

A mãe nunca falou no senhor. Mas acho que ela vai gostar de rever um amigo.

E seu pai?

Estão separados, ela disse e começou a andar.

Apareça à noite. Agora tenho de trabalhar. A mãe também trabalha fora.

Pode deixar, ele disse.

E cada um seguiu para o lado oposto da rua.

Sem ter para onde ir, Francisco acabou na saída da cidade, onde ficava o cemitério. Não tinha nenhum parente enterrado ali. Passou por vários túmulos e chegou ao cruzeiro. Apenas uma vela imensa, da altura de uma pessoa, mas muito fina, estava acesa. Ela tinha queimado pouco e dava um aspecto ainda mais triste a tudo.

Bom-dia. O senhor sabe onde está enterrado o Rogério Hertz?, ele perguntou ao zelador.

O filho do seu João Hertz?

É.

Ali, naquele túmulo de mármore marrom, com um Cristo de bronze.

Francisco agradeceu e foi até o túmulo. Tinham sido amigos. E fora informado, anos atrás, pela mãe, que Rogério se matara. Tudo meio nebuloso. Ele estava no apartamento de um amigo numa cidade próxima, os dois discutiram. Teria havido uma briga, segundo os vizinhos, depois o disparo. Um tiro na boca. O revólver era dele, os pais reconheceram. Não sabiam que tipo de envolvimento Rogério tinha com o amigo. Este contara que o outro estava bêbado, não queria sair do apartamento, e perturbava o sono da vizinhança. Pedira para que fosse para casa, no dia seguinte conversariam. Ele então se ajoelhou, enfiou o cano do revólver na boca e puxou o gatilho. Tinham ficado pedaços de miolo na parede do quarto. Sim, estavam no quarto do amigo. E Rogério foi encontrado sem camisa e sem sapatos. A calça jeans com o botão e o zíper abertos. Quando a polícia chegou, o amigo estava vestido e usava sapatos, embora fosse madrugada. Para Francisco, Rogério morrera na posição clássica de felação. Tinha sido um suicídio passional.

Quando chegou ao túmulo do amigo, viu a foto dele na cabeceira. Cabelos loiros, rosto delicado, olhos lascivos e um bigodinho ralo. Não imaginara o amigo de bigode. Era o mais bonito de sua turma. A pele branca. Pernas grossas e sem pelo. Tirou os olhos da foto dele e olhou para o Cristo de bronze, em tamanho natural, crucificado na tampa de mármore. Esse Cristo tinha seios femininos. E isso o fez lembrar novamente de Rogério.

Depois de uma aula de educação física, todos os alunos foram para o vestiário tomar banho e se trocar. Os boxes para o banho eram abertos, e eles se lavavam virados, tentando esconder o sexo. Quando Francisco passou na frente do boxe em que Rogério se ensaboava, viu o sexo do outro, e seus seios levemente inchados, com mamilos róseos. Francisco foi até os armários, trocou-se e seguiu para casa. Mas, todas as vezes que cruzava com Rogério, lembrava-se dos pequenos peitos do amigo e sentia um estremecimento, uma aceleração da corrente sanguínea.

Agora, ele olhava com nostalgia para aquele Cristo. Rezou um pai-nosso e voltou para a cidade. No caminho, passou pela casa de Bete, observando a porta e as janelas fechadas. Ao chegar à avenida central, sentou-se em uma das mesas externas do bar que tinha o estranho nome de Maresia. Como era possível isso se estavam a centenas de quilômetros do mar? Pediu uma cerveja e ficou esperando Bete. Não a Bete-mãe, que talvez se recordasse dele, mas a Bete-filha.

Ele a amava. Amava seus seios de menina.

Sereníssima

Ramon Mello

o sereno da madrugada

Não me importo se você finge não me ouvir, vou dizer e ponto. Posso entrar nessa caixa fria, coberta de espelhos, descer até o fundo do poço ou parar no playground e gritar, sem dar importância à vigilância da síndica: sou um idiota apaixonado! Desses que manda buquê na noite de pré-estreia, com bilhetinho anônimo, e esconde livros em papel de jornal entre os espinhos das flores. Sei que o elevador já chegou, não sou cego! Já disse, preciso falar, vou ficar aqui até essa angústia desaparecer. Deixa o elevador subir, alguém deve ter chamado. Se eu quiser, desço no de serviço — não sou metido, esnobe, arrogante. Melhor, posso ir de escada. Desço os sete andares, gritando na hora em que todos estão dormindo. Duvida? Não deveria fazer pouco caso dos meus sentimentos. Como não? Cadê suas lágrimas? Você é muito macho, esqueci. Claro, sou sensível demais. Deixa o elevador descer, que saco! Ouça: não adiantou dizer que não queria nada sério. Tarde demais, não percebeu? A culpa deve ser minha. Eu te sufoquei ou você não soube optar? Do sexo você gostava, não é? Eu também. Confesso. Nós transávamos gostoso, nunca tive nada melhor. Pode rir. Roupa espalhada pela cozinha, cueca pendurada na mesinha do computador, tênis debaixo do sofá, corpos rolando no carpete até nos arrastarmos pra cama. Colchão duro, lençol vermelho e o espelho da penteadeira velha insistindo em exibir sua bunda branca e dura enquanto me lambuzava inteiro. Ô boquete delicioso! Que merda! Não entendo por que tem medo. Sei que não vai responder. Por quê? É a minha idade? Só pode ser. Engraçado, eu não me importo com seu rosto liso. Eu tenho de aprender a me relacionar com jovenzinhos tesudos, pseudoinocentes. Burro, sou muito burro. Por que fui tão entregue, vulnerável? Carência, só pode ser carência. É o preço que se paga por morar longe da família. Fico me perguntando se você é aquilo tudo que desejo. Será? Risos, filmes de madrugada, poesia no ouvido. Vou acender um cigarro. Foda-se a regra do condomínio! Desculpa. A gente foi sempre passional. Chorávamos ouvindo Lhasa de Sela cantar *Con Toda Palabra*, tomávamos Cointreau em copo de requeijão, trepávamos no banheiro e depois voltávamos a nos drogar. Pra quê? No dia seguinte nos entupíamos de Lexotan pra conseguir parecer gente de verdade. Percebeu que a nossa casa, nossa cama, era apenas um ringue? Um ou outro sempre saía machucado, era inevitável. Deveríamos ser apenas amigos, bebendo de vez em quando e quem sabe até transando. Mas insistimos num romance previamente anunciado como um fracasso. Você trazia seu histórico de decadência e eu acrescentava as minhas fraquezas. Fracos. Fomos muito fracos. Ficamos iludidos com a pretensa intenção de ajudar um ao outro, servir de muleta. Nada. Agora estamos aqui em pé, sem apoio. Olhe! Encare o espelho e responda: Cadê você? Esse não é o cara alegre que conheci. Não se preocupe, desconheço a mim também. Tenho medo das coisas que passam pela minha cabeça. Não tenho coragem de levar às últimas consequências, mas não posso mentir: Todo dia eu penso em desaparecer, todo dia. Veja como estamos parecidos. Cadê aquele menino inocente, lourinho, com cara de estivador? Hum? A dor não é exatamente por perder você, mas pelo sentimento da perda de mim mesmo. Desculpe. Acho que nunca fui tão sincero. Que tempo é esse que nos uniu no momento errado? Por que fui acreditar que amor era uma fotografia na praia, horinhas de descuido estampadas numa camiseta surrada? Não é nada disso. Eu vou embora pro hotel. Sim, alugar um quarto, assim eu não preciso olhar pra aquelas paredes da sala que pintamos juntos. Amareladas, envergonhadas com o nosso fracasso. E as almofadas coloridas em cima da cama? Tudo desbotado. Sou um pouco culpado, tenho de admitir, sabe? Por ter bancado seus caprichos quando estava fodido, sem grana, se acabando nas anfetaminas. Devia ter deixado você se virar, mas não. Deixei que me arrastasse contigo pro buraco. Não é drama, é carência. Mas acabou. Não sou mais tão ingênuo, vou escrever tudo. Nada de aguardar os cinquenta pra publicar a obra célebre. Quem sabe você não se torna um personagem da minha história? Protagonista não, coadjuvante. Assim mato todo esse superego que carrego comigo. Quais são os grandes romancistas da língua portuguesa? Eu. Agora estou assim. Não me esqueço do seu riso irônico desdenhando meus rascunhos. E eu ainda ouvia suas críticas. Pra quê? Pra me sentir pior. Havia um pouco de masoquismo de minha parte, você sabia disso e aproveitava pra pisar na minha cabeça. É masoquismo, só pode ser masoquismo. Vou escrever a partir das coisas que ninguém dá atenção. Entendeu? Não preciso de você. Acho que descobri o motivo de vir até aqui, foi pra te dizer isso: Não preciso de você. Sei que você também não precisa de mim. O que pensava? Num depósito de porra? Não era disso que você gostava? Meter, gozar e voltar pro seu remedinho. Muitas vezes senti medo de você, me senti constrangido. Primeiro por sua exposição e segundo pela sua falta de cuidado com o outro. Conseguiu compreender o ciúme? Não creio. Você só entende a sua liberdade e que se dane quem não concordar contigo. E o acordo entre o casal, onde fica? O não dito também é importante. Não se trata de hipocrisia, apenas defesa. É uma fase de transição, me dizia, ansiedade. Transição foi quando recomecei a fazer análise com aquela louca que me abandonou. Lembra? Fiquei paranoico achando que a culpa fosse minha. Louco, devo ser louco. Não sei por que ainda estou aqui. O que vim fazer? Até sei, mas não devia. Você não merece, ou melhor, eu não mereço, ainda mais depois de tanto desprezo. Ainda não parou com essa merda? Seu braço vai cair, ouviu? Cair. Você vai morrer se continuar desse jeito. Não vou despachá-lo pra fora do país, entendeu? Vai morrer abandonado numa cidade que não é a sua. Bobagem, você nunca esteve em lugar nenhum. Vai continuar em silêncio? Sempre bancando o pobre coitado, eu devia ter percebido isso desde o início. Sabe que me arrependo de ter pedido aquele maldito cigarro? Sim, arrependimento. Um maço fechado e um sorriso; não resisti. Antes não tivesse aceitado, teria me poupado, não estaria aqui falando com as paredes. *Llorando de cara a la pared se apaga la ciudad.* Para de me olhar com essa cara. Não adianta, não vou parar de falar. Estou calma, calmíssima. Você odeia quando eu falo no feminino. Foda-se! Não banco o garanhão pra comer as mulheres e me autoafirmar. Não sabe como me aborreceu com sua fase hétero. Por quê? Nosso relacionamento não era careta, transávamos com quem desejássemos. Nunca tive dúvidas, desde os nove anos meu pau já ficava duro quando eu apreciava as pernas dos meninos no campinho de futebol. Ou quando espiava meus tios sem camisa, o peito cabeludo. Acho que faltou um tio, um priminho, pra te dar um jeito. Não quero mais falar disso. Tô exausto. Ah, eu sou um monstro, não é? Ambicioso, pedante, egoísta. Eu me acho o máximo. Você dá uma de bonzinho, mas é vaidade pura. Você é a pessoa mais egoísta que eu conheço.

Como é não se importar com o outro? Deve dar muito prazer. Fique tranquilo, vou desaparecer da sua vida. Nosso amor virou essa gritaria, cabeça na parede, dor, lágrima — fingi não entender. Te amo, porra! Bastava dizer que só queria trepar. É pra alimentar sua fome narcisista? Áries? Não, claro que não. Câncer, eu sei. Para de olhar o relógio, já tô indo embora. Pensei que os caranguejos fossem mais românticos. Sim, você tentou. E eu não? O tempo inteiro me esforçando pra não explodir e dizer que estava completamente envolvido. Depois de um tempo, disse que não queria nada: Gosto de falar pra não ter problemas — deveria se lembrar dessas frases feitas antes de gozar e gargalhar de prazer com as pernas contorcidas de tesão. Sim, ninguém tem culpa. Relaxa. Quem é o culpado? Eu não sei. O que ainda estou fazendo aqui? Aperta o botão pra mim. Agora responde: Fui importante pra você? Só saio da vida de alguém quando percebo que fui importante, pelo menos um pouco. Ouvi essa frase numa peça de teatro. Não me olha assim, e não precisa responder. Duas semanas ou dois anos, o que importa? O tempo não significa nada mesmo. O guarda-chuva? Não, eu não quero. Fique com ele, vai precisar mais do que eu. Assim, quando cair um temporal, eu me lembro do seu cheiro. Quem sabe não ligo ou mando uma mensagem de celular com um convite pra ir ao cinema, mesmo sabendo que não vai responder. O elevador. Obrigado. O pior de tudo é que te amo todo dia. Boa viagem. Pode segurar a porta, por favor? É melhor eu ir embora, senão vou acabar fazendo besteiras. Sim, é madrugada, a portaria.

Vento no litoral

Marcelo Moutinho

cavalos-marinhos

As caixas amontoadas tomam todo o apartamento: nossas coisas.

Após o fim de semana extenuante de separa, embala, fecha, não há quase mais nada nas estantes — que me olham, cabisbaixas, exprimindo o desamparo da súbita prescindibilidade. Retribuo o olhar.

Uma sala cheia de caixas de papelão só não é mais triste do que uma sala vazia. Se a perspectiva do novo vibra à frente, como uma pista de asfalto fritando no calor, a gente adivinha uma saudade que ainda não chegou.

Ouço os breves estalos do piso de tábuas corridas que cede à quentura amena do sol vindo da varanda e boto uma ficha na máquina da lembrança. A primeira vez em que entrei nesta sala: amplitude de outro vazio, ainda grávido de promessas. A caixa, também outra, nas mãos dele.

Devolvo a ficha.

*

"Não vai jogar fora este também", e a frase deixava vazar a mágoa mantida em fogo brando por quase dois anos. Ele se referia ao canudo amarelo que um dia achou no chão da rua, entrelaçou e transformou em flor antes de me entregar, com uns olhos de meiguice quase infantil. Eu ri, botei a flor no bolso da camisa, mas quando chegamos em casa joguei aquele canudo sujo e amassado na lixeira. Não, não podia imaginar.

Ele guardava alguma ironia na voz ao fazer o alerta que trazia no lombo a remissão. Preso na sunga, o pequeno saco plástico de onde tirou um cavalo-marinho. Morto.

"Encontrei na praia e lembrei de você."

Não houve tempo para que eu perguntasse por que diabos um cavalo-marinho, com aquele corpo esquálido e feioso, a crina, as costas envergadas com agulhas em fileira, poderia fazer com que se lembrasse de mim.

"Você sabia que os cavalos-marinhos são os animais mais fiéis do mundo?"

Era isso. Mais uma de suas metáforas.

Diante de meu ar desnorteado, ele pediu que fizesse uma concha com a palma da mão e delicadamente colocou o bicho ali. "Vou pro banho." E seguiu, deixando um rastro de areia molhada pela sala.

*

Quando o conheci, na festa de despedida de uma amiga em comum que iria estudar em Londres, estávamos os dois razoavelmente bêbados. Eu chegava de outra festa, ele fazia a terceira parada de um périplo pelos bares de Laranjeiras que cumpria semanalmente — um de seus tantos hábitos, descobriria mais tarde.

Articulado, quase sedutor, logo tomou a atenção da mesa, desfiando uma estranha tese sobre *O mágico de Oz* e analisando, uma a uma, as canções de um disco da Ângela Rô Rô. Não lembro exatamente de qual era a relação, nem mesmo se havia alguma relação entre o filme e as músicas da Rô Rô, mas o modo como ele falava, a verve sem pose, o flerte natural com as palavras que preenchiam o bar como balões vermelhos rapidamente me enredaram. E eu cedi.

Nosso primeiro encontro, apenas alguns dias depois, se deu no mesmo bar — ideia dele, obviamente.

"Aqui e agora nós dois estabelecemos nosso mito fundador", ele disse, erguendo a tulipa de chope. Estranhei a súbita solenidade, mas confesso que achei original, charmoso, aquele ato.

Ainda não conhecíamos, então, o cheiro (depois íntimo) dos nossos hálitos, a arquitetura dos corpos (depois percorrida). Não havíamos desfolhado as idiossincrasias. Tudo era ainda entusiasmo e pedra bruta. E fomos adiante.

*

As caixas tomam todo o apartamento: as coisas dele.

No canto esquerdo da sala, sobre uma das caixas — a menor —, o cavalo-marinho, já ressecado e endurecido, parece dormir.

Quando organizei tudo para a mudança, não soube onde colocá-lo. Cogitei a caixa onde estão as cartas, que ele escrevia vigorosamente mesmo em tempos virtuais — e a mão. Pensei em juntá-lo aos bonequinhos de super-heróis da coleção feita desde a adolescência. Ou armazená-lo entre o que ele chamava de "diversos".

Mas no fundo sabia que ele, o cavalo-marinho, era meu. Nosso.

*

Diversos:
Lista dos filmes vistos em julho
— *Amarcord* — A sequência do navio continua sendo do caralho. No fundo, Fellini é um palhaço triste.
— *A testemunha* — Bom policial, Ford canastra toda vida.
— *A era do gelo* — Bacaninha.

— *A mulher do lado* — Fanny é deslumbrante, Truffaut me conhece como ninguém.

— *Asas do desejo* — Quero ser anjo.

Ainda,
Uma embalagem antiga de cigarro.
Cópia do hemograma completo.
Cópias da carteira de identidade, do CPF e do passaporte.
Carteira da academia de ginástica, vencida.
Duas fotos 3x4.
Um guardanapo com anotação feita a caneta: "Ar em dívida."

*

Sim, ele anotava frases em guardanapos, embora nunca fizesse uso delas. E mantinha os guardanapos, alguns imundos e engordurados, nas gavetas do armário que ganhou da avó ainda menino. Assim como folhetos turísticos sobre Cuba, apostilas sobre astrologia, recortes de jornal, broches do movimento ecológico, cadernetas e boletins do colégio, trabalhos da faculdade, cartinhas de antigas namoradas, óculos e relógios que nunca mais usaria.

Quando certa vez lhe perguntei por que acumulava tantos objetos sem serventia, ele respondeu, fingindo irritação:

"São a minha máquina da lembrança. Suas engrenagens. Deixa ela em paz."

*

Cavalos-marinhos são promíscuos, diz estudo

Um estudo conjunto realizado por 15 aquários de vida marinha do Reino Unido demonstrou que os cavalos-marinhos não são monogâmicos. A tese derruba o mito da fidelidade existente entre a espécie e, muitas vezes, indica promiscuidade e comportamentos homossexuais em determinados grupos.

Os resultados foram obtidos após 3.168 registros de acasalamentos de três espécies da Austrália, Caribe e Reino Unido. No total, 1.986 "contatos" entre machos e fêmeas, 836 entre fêmeas e 346 entre machos foram computados. Até este estudo, muitos biólogos acreditavam que os cavalos-marinhos eram monogâmicos. A espécie é uma das únicas em que os machos carregam os ovos na barriga.

Para surpresa dos pesquisadores, cavalos-marinhos chegaram a ser vistos flertando com mais de 25 parceiros em apenas um dia. A espécie australiana é a mais promíscua. Um exemplar chegou a copular com fêmeas e machos várias vezes no mesmo dia. Das três espécies estudadas, apenas o cavalo-marinho britânico se manteve fiel ao seu parceiro.

*

Nunca contei a ele sobre a notícia em que esbarrei numa tarde vagabunda, navegando pela Internet sem grandes intenções a não ser ler os jornais do dia. Questão de respeito — e ele poderia entender mal.

Morávamos juntos já havia quase quatro anos. Desde a noite no bar em Laranjeiras, os encontros se sucederam e as ânsias de parte a parte foram içando curiosidades e esperanças que se cruzavam até enfim se fundir no clichê da atração dos opostos. Ah, você é de Escorpião. "Ascendente em Peixes." Sou de Libra, mas não sei o ascendente. Adora Truffaut? Gosto de Spielberg. Cinema. TV. Clarice. Graciliano. Academia. Ioga. Lisboa. Cidade do Cabo. Você. Você.

Preferi manter o pacto secreto e silencioso que fizéramos, ainda que não tenha assentido, ou sequer me manifestado, no dia em que ele chegou da praia com o cavalo-marinho ridiculamente pendurado na sunga. E ainda que odiasse aquele cavalo-marinho a cada cisco de desconfiança, a cada celular desligado, a cada.

Ademais, traçáramos planos, muitos planos.
Ir a Cuba no verão.
Ver o pôr do sol em Varadero.
Fazer um curso sobre astrologia.
Ler um livro a dois.
Transar a três.

*

As caixas tomam todo o apartamento: minhas coisas.

Me ocorre agora que não houve tempo para adeus, nenhum rito capaz de dramatizar em gestos a partida. As cigarras não anunciaram a chuva.

É possível que em alguns anos fique apenas a imagem dele, a voz de quem se vai sempre desaparece mesmo. Talvez as piadas privadas, os fracassos forjados na cumplicidade, o inventário dos afetos trocados sem noção de urgência.

Nesse vácuo turvo entre o que foi e o que virá, despeço-me das caixas — não é a derradeira despedida, espero —, vou até a menor delas e pego o cavalo-marinho. Seguro com cuidado para que o corpo não se quebre. Saio do apartamento, fecho a porta e chamo o elevador. Três andares, e a portaria.

"Seu Zé, vou até a praia. Se alguém me procurar, por favor peça para me avisarem, tá?"

A praia não fica distante, dois quarteirões que percorro sob um sol destoante.

Ao pisar na areia, espanto um grupo de pombos, que correm desajeitados como seus arrulhos. Alguns garotos fumam um baseado próximo à rede de vôlei, mas não há muita gente, apesar do calor.

    Me sento perto dos garotos, o cavalo-marinho nas mãos, e fixo os olhos na linha do horizonte que liga as ilhas, enganando a solidão. O mar corre agitado de sul para leste, ao sabor do vento. Parece tremer, como se reprimisse um medo não dito de engolir tudo, a todos nós. Uma virtude natural.

    Penso que aquele cavalo-marinho já nadou ali (será que teve medo?). No dia em que ele esbarrou no bicho morto e lembrou de mim. Penso na expressão larga do rosto dele ao retirar o cavalo-marinho do saco plástico e pousar nas minhas mãos em concha. Na algaravia das primeiras trepadas, no limbo furta-cor das zangas excessivas. Penso, mesmo não querendo pensar, até que o Marquinhos, filho do seu Zé, toca as minhas costas com a pressa espaçosa da infância e avisa, ofegante: "Meu pai mandou avisar que o caminhão de mudança chegou."

    Agradeço, falo que ele já pode ir, que já vou, e caminho até a beira d'água a fim de molhar os pés. Agora é descer todas aquelas caixas, carregá-las comigo. "Minha máquina da lembrança" — ao recordar a frase, esboço o sorriso possível. Então levo as mãos até o mar e devagar, bem devagar, solto o cavalo-marinho, que começa a deslizar sobre as ondas salgadas, dançando no ritmo intenso da maré, distanciando-se da margem, ficando cada vez menor. Simplesmente indo, indo, indo.

Giz

Manoela Sawitzki

"Quero que saibas que me lembro..."

Terça-feira

O aroma de lavanda no corredor. *Lavanda e pinho. Poderia dizer que. Mais precisamente. Amadeirado, encorpado, ligeiramente austero.* Terça-feira é o prenúncio, talvez a redenção. O aspirador ligado, o toque de alvorada. Novos dias, dias possíveis. Josefa chega e instaura a ordem. Os restos atravessarão compartimentos, túneis, ruas, para serem enterrados longe da vista, as sujeiras escorrerão pelo ralo. A superfície brilhará. *Está tudo bem.*
— Seu Carlos?
— Precisamos de um multiprocessador desses, Josefa?
— Deus me livre. Preciso de nada disso não, senhor.
— É incrível, dá pra fazer suco de abacaxi sem tirar a casca!
— O senhor não gosta de abacaxi não, seu Carlos.
— Talvez comece a gostar. As pessoas mudam, não mudam?
— O senhor pode assistir lá na sala? Só falta aqui, e tou agoniada com o médico do menino.

Josefa remove o mofo dos rejuntes, o pó da estante, o limo da pia, mas não a craca depressiva incrustada no sofá do escritório. Olha para ela com pesar e impaciência. A craca, sabendo-se vigiada, fixa-se no canal de televendas. A faxineira, num muxoxo, lhe dá as costas para voltar em seguida, nem cinco segundos, com o cano do aspirador em punho, como se apontasse um fuzil. A craca, incrédula ou suicida, zapeia e estaciona na TV Assembleia.

— Vai começar uma votação. Faça de conta que sou um ácaro.

Josefa ri e logo disfarça. Dentadura imensa, branquíssima.

— O senhor tem dormido? Tá com uma cara... Os olhos fundos.

— Perda de tempo. Einstein quase não dormia. Os gênios não dormem, Zefa.

— Tá sol, seu Carlos! Isso de ficar aqui encerrado não há de fazer bem.

— Sol dá câncer.

— E o trabalho, seu Carlos?

— É meu ano sabático.

O telefone toca. Toca. Toca. Toca. Toca.

— Não vai atender? Esse trem tocou a manhã todinha.

— Ignora. É engano.

— E o senhor é adivinho agora, é?

— Telemarketing. Eu sei, posso pressentir pelo toque. Ó, escuta.

— Nunca vi gente que nunca atende o telefone. Parece doido.

E o telefone já não toca. Crianças gritam no pátio da escola.

— E se fosse dona Cristina?

— Minha mãe nem sabe o número. E é falta de educação ligar pra casa de alguém sem avisar antes.

— Deus me livre, que cabeça mais dura! E essa bagunça?!

— Deixa a mesa como tá, Zefa.

— E se fosse dona Ana?

— Não era.

— E se fosse?

— Você tem ido lá?

Ela franze a testa, resmunga, inaudível, sacode a cabeça e abandona o pano sobre a borda do balde. Liga o aspirador. Potência máxima.

— Zefa!

— Poramordejisuis, não me mete no meio disso não, seu Carlos!

— Só perguntei se tem ido no apartamento da Ana, mulher!

— Nas quintas. Meio dia. Agora me deixa, que o menino tem médico e tou cheia de roupa pra passar.

— Ela tá bem?

— Tá meia assim, né...

— Assim como?

— Meia pra baixo, meia magra...

— E?

— Não quero rolo pro meu lado.

— Ela pergunta por mim?

— Pergunta nada não, senhor.

— E você tem visto alguém estranho por lá?

— Assim o senhor me complica, seu Carlos. Chispa pra sala, poramordejisuis.

— Então viu!

— Vi nada.

— Viu sim, te conheço.

— ...

— Zefa!

— O senhor tá impossível! Vai pra praia, seu Carlos, me deixa trabalhar!

— Prefiro a tua companhia.

*

Já passava das duas, os telefones tocavam. E deixávamos que tocassem, deitados lado a lado, ao alcance dos dedos, da próxima onda. Ana ficou calada de repente. Senti que tinha algo a dizer. Algo que eu não gostaria de ouvir. Perguntei, vago e imediatamente arrependido. Eu não entendo como você consegue gozar em silêncio, ela disse, depois de longa pausa, olhando pro teto. Talvez esperasse que eu pudesse mesmo lhe explicar. Ana sempre esperava por explicações que não podia lhe dar. Não conseguia. Acho triste, arrematou, como que pra me punir pela ausência de resposta. E eu persisti numa mudez débil enquanto tentava pegar sua mão. Estava fria e rígida. Ana estava morrendo ao meu lado.

* *

O escritório é pulverizado com limpador de vidro. Os olhos castanho-claros e fundos lhe ardem. Carlos espirra e se rende à artilharia adversária. Arrasta a carcaça derrotada até a área de serviço: a vassoura continua onde deixou mais cedo, presa entre o parapeito e a árvore, mas nenhum mico se dispôs a comer a banana que ofertou. Para na cozinha e, como se fosse programado, abre e fecha a geladeira duas vezes. Sem conseguir se mover, ou sem saber como iniciar o movimento, suspira e coça a barriga crescente. Está grávido de Ana — ela começou a crescer ali dentro desde a tal manhã fatídica. Grávido daquela imagem: olhos borrados do choro que não soube consolar, malas que não a impediu de fazer, porta que não evitou que ela abrisse e fechasse. E o estrondo final. *Ela vai voltar!*

Não voltou.

Sente uma pontada aguda no abdômen e conclui: é Ana chutando. Ou fome. Mecanicamente estica o braço e repete o único gesto possível. É isso ou pular da sacada. Contudo os joelhos também lhe doem e seu sofrimento é indissociável de uma dose cavalar de preguiça. Não que ele ainda acredite na continuidade da vida, é que algo, cada vez mais próximo do delírio, lhe repete que *Ela vai voltar*. O braço parece soberano da própria vontade e de fato quer abrir a geladeira. Na terceira tentativa, Carlos investiga o interior do ambiente com atenção. Água mineral (acabando), uma garrafa aberta de vinho tinto, queijo, manteiga, vodca, suco de tomate (velho) e cerveja. O ruído da lata ecoaria como a explosão de uma granada. Mesmo com aspirador ligado, Josefa escuta o que lhe convém. *Vai me julgar e me condenar*, ele murmura, ressentido. Dirá, em seu relatório semanal para Ana, que se tornou um bebedor de cerveja matutino obcecado pela ideia de alimentar micos, não faz mais a barba nem corta o cabelo, anda deplorável em bermudas amassadas e camisetas velhas, não atende o telefone e vive confinado. *Melhor preservar uma última nesga de dignidade.* Pega a garrafa de vinho e bebe no gargalo, consciente de que o faz escondido da diarista. Está avinagrado, e o que importa? Tudo está. Há três meses, seis dias e vinte horas. Disfarça o azedume do hálito com um pedaço de gorgonzola e migra para o quarto. *Lavanda, pinho, álcool e... essência de jasmim?* Nenhum vestígio da desordem anterior naquele que Zefa, gentilmente, convencionou chamar de "ninho de rato". E agora tenta lhe convencer de que as coisas estão em seus devidos lugares: meias brancas numa gaveta, escuras em outra, cuecas na terceira, sungas e bermudas na quarta — esparrama seus poucos pertences nos espaços antes ocupados por Ana. Preenche vazios, substitui cheiros, troca lençóis, estica a coberta e entrega um palácio para que o rato reine. Alinha tudo com precisão matemática, e não desconfia do quanto isso é aflitivo para o roedor ciente de que seus dias não passam de um emaranhado irreparável. Prostrado diante das gavetas que antes foram de Ana, Carlos sente enjoo e desaba sobre a cama num choro convulso que apenas o destempero da maternidade justifica.

*

Dança pra mim, pedi. Ela abriu os olhos devagar, e eu afastei uma mecha de cabelo que cobria metade do seu rosto. Queria vê-la. Ela quis sorrir. E sorriu, disfarçando o embaraço com um leve ar de deboche. *Agora?* — eu sabia que tentava ganhar tempo. Acenei que sim. *Por favor, dança?* Ela fechou os olhos outra vez, ampliando o suspense. A música silenciou. E, de repente, Fly me to the moon — Nat King e George Shearing. *Você sabe que tenho vergonha.* Sim, eu sabia também disso, e sua timidez era o combustível da minha curiosidade. Ela respirou fundo e se levantou agarrada à almofada amarela. Apontou pro abajur ao meu lado. *Desliga?* Obedeci, sem tirar os olhos do seu corpo. E Ana dançou pra mim. Tanto mais linda quanto mais sem graça. A calcinha azul enorme, a pele clara, as marcas que eu mesmo havia feito. Deixou cair a almofada e dançou. E Ana não sabia dançar.

* *

Anoitece e ele acorda para a casa irreconhecível. Uma orgia aromática de detergentes encobre um passado de cheiros suspeitos. No banheiro, descobre o quanto destoa do próprio hábitat. A imagem refletida exige medidas imediatas e extremas. Ele obedece mansamente. Bermuda no chão, cueca sobre a pia, camiseta na argola. Apanha a tesoura e uma garoa de tocos de pelos matiza o mármore branco: seu toque todo pessoal enfim profana o santuário de Josefa. Ela pensa que pode vencê-lo — não pode. Essa ideia o diverte. De repente, um ínfimo metal que repousa sobre a saboneteira atrai sua atenção como, talvez, duas manadas simultâneas de bisões não atrairiam. Verifica de perto, incrédulo. Sim, é um brinco de Ana, e quase é capaz de enxergá-lo no contexto original, adornando-lhe as orelhas minúsculas. Aquilo o fere. Tem vontade de chorar durante o banho, mas não consegue porque esvaziou o reservatório inteiro antes da sesta. Sente-se vazio, miserável e chora a seco. *Mania que a Zefa tem de encontrar as coisas!* Em suas expedições arqueológicas sempre desencavava vestígios fósseis que só serviam para grifar a extinção do amor depois do cataclismo. Josefa se restringe a deixar as evidências dos dias felizes que teve junto de Ana ao alcance dos seus olhos culpados e parte. Impune até a semana seguinte.

* *

— Alô.
— Oi. Sou eu.
— Carlos?
— Dizem.
— Algum problema?
— Não. Quer dizer... É a Zefa.
— Aconteceu alguma coisa com a Zefa?!
— Não, é que eu queria saber se na semana que vem a gente pode trocar. Ela viria aqui em casa na quinta e terça no teu apê.
— Bom, eu...
— É que na quarta vou receber uns amigos.
— Ah... Ok.
— Se for ruim pra você...
— Não, não faz muita diferença.
— ...
— Tá tudo bem, Carlos?
— Tudo.
— Mesmo?
— Tá tudo bem. Mesmo. E você?
— Tou indo, né...
— ...
— Então...
— Era isso. Valeu.

*

Eu disse Que absurdo, como que a gente não é feliz?. Mania que as pessoas têm de anular toda a felicidade por causa de qualquer acidente.

Três semanas, ela gritou enquanto pegava a bolsa — o vestido ainda por abotoar, o rosto desfigurado. A gente não foi feliz mais do que três semanas! Os últimos quatro anos foram o acidente.

* *

Desliga com o brinco firmemente preso entre o polegar e o indicador. As palmas das mãos suam. Tenta reconstruir a conversa e percebe que fracassou, perdeu outra oportunidade de causar alguma (ainda que remota) boa impressão. Se Ana pudesse vê-lo ali, pelado, arquejante, barrigudo e desgrenhado com o telefone numa mão e seu brinco na outra, talvez chamasse a polícia. Ou a ambulância. Ou telefonaria para sua mãe. *A polícia faria menos estrago.* Esperará pelo menos dois dias para ligar e mencionar a descoberta do brinco. Suspeita que seja ouro. Quem sabe joia de família. É possível que, levando em conta que deve ser joia de família, espere um dia apenas. Por causa do valor afetivo.

*

No nosso terceiro aniversário, Ana me pediu que lhe fizesse um filho.

* *

Mas. Então lhe ocorre que aquele brinco possa ser de Flávia. Pensando bem, já não está certo de tê-lo visto antes nas orelhas minúsculas perfeitas delicadas de Ana. Flávia lhe fez três visitas nas primeiras semanas pós-separação, quando ele ainda saía para as ruas com um feroz instinto de sobrevivência, as presas afiadas. Ela não ofereceu resistência. Mais que isso, foi carinhosa e não cobrou nada pela hora extra da última noite. Ele acreditou que fosse uma garota qualquer, à procura de um namorado sério e bem-sucedido, que lhe deu trela pela boa conversa e os olhares indecentes que lançou do balcão enquanto ela rebolava na pista. Quando falou sobre seus honorários, Carlos achou conveniente. Seria uma distração enquanto Ana não voltasse. Flávia tinha orelhas de abano, os lóbulos enormes. O melhor guardaria para Ana. Vai até a área de serviço e, entre as sombras da mata, enxerga a banana intacta: até os micos estão contra ele.

*

Ana também não compreendia como meu pau podia levantar por qualquer estranha.

* *

Quarta-feira

— Oi...
— Ana?
— Eu não posso atender agora, é só deixar recado que eu ligo assim que der. Tchau.
Piii.
— Oi, Ana, desculpa ligar assim, de novo. É que a Zefa fez faxina aqui ontem e encontrou um brinco. É um brinco pequeno, acho que de ouro. Bom, então, se for teu, me liga, tá? Eu posso passar aí se...
Piii.

* *

— Carlos, você pode ler? Não sei, acho que tá uma merda...
— Psii!
— Como?
— Peraí, Aninha!
— Mas...
— Pssssiiiiiii!!!!!
— Eu vou dormir.
— Tá. Já tou indo.

Ele retrocede e reproduz. É uma espécie de malhação diária. O sedentário amoroso recém-convertido intui que a chave não está nas palavras, e sim no que não foi dito naquela noite de domingo. Ou em muitas outras. Ou no poema que ela tentou lhe mostrar sucessivas vezes enquanto ele sucessivamente se recusava a admitir a poesia que vinha dela. Havia alguma coisa no espaço entre as palavras que a fez decidir. Havia alguma coisa no espaço entre as palavras que denunciava o espaço entre eles.

O poema, Ana não deixou que lesse na manhã seguinte, enquanto fazia as malas — indiferente aos protestos flácidos e expressões pedintes. *É por causa do texto? Mostra aí eu quero ler, para de besteira.* E não havia nada de bonito em Ana quando partiu. A beleza fora engolida pela mágoa e ela balbuciava apenas que tinha se cansado do silêncio, que já não achava graça na sua brincadeira de adivinhar cheiros com a pretensão de um *conaisseur*, tampouco suportava seguir à espera que, em vez de piadas cáusticas, lhe dissesse algo doce e a ouvisse com interesse. E lhe desse um filho.

A barriga lateja. Contrações, ele deduz. Faz mais de 24 horas desde o recado. 12, desde o e-mail que mandou para confirmar se ela ouvira o recado. O celular toca diversas vezes e é o

Guto, o Klaus, a Joana, a Júlia, o Leonardo, a mãe, a companhia telefônica, a lavanderia, a secretária do dentista, não Ana. Ele não atende. Não está. A dúvida o tortura: e se o brinco não for mesmo dela e, em vez de se sentir ameaçada pela existência de outra, Ana decidiu se afastar? A dor aumenta quando se lembra de Josefa balbuciando Assim o senhor me complica. *Ana deve ter alguém!* Corre para o quarto, veste a primeira calça que encontra, pega o brinco sobre a mesa, as chaves do carro e sai em disparada. Precisa dar a luz à Ana, dizer que a ama, que lhe faz um filho! Não tem um plano quando estaciona diante do edifício, mas passa a ter logo que vê dois moleques rabiscando num muro vizinho.

Carlos se ajoelha e escreve, com letras imensas, na calçada diante do portão e de dois ou três olhares curiosos.

Ana volta pra mim!

Ainda ouve o porteiro anunciar com dicção quase indecifrável que Dona Ana viajou hoje bem cedinho, antes de tombar, fulminado pelo apêndice rompido. Da ambulância, sente os golpes de uma tempestade que não viu se aproximar. E pensa na mulher que perdeu. Olha para as mãos impotentes, sujas de giz e imagina a caligrafia caprichada, sua súplica tardia, se dissolvendo na calçada que ficou para trás. Pela primeira vez tem certeza de que Ana não voltará.

Música de trabalho

Mariel Reis

Sem trabalho, eu não sou nada. O dia inteiro rodando pela cidade. Na barriga apenas um sanduíche com guaraná natural, desses vendidos por um real e vinte nas barraquinhas do Centro.

A pasta de currículos quase vazia. Na cabeça a preocupação de ter uma boa notícia para dar, mas será quase impossível.

Precisa-se de porteiro.

Vejo a placa, aperto o interfone, uma voz fina pergunta quem é, respondo que me interesso pela vaga. Pede para que eu espere um minutinho. Aparece na portaria uma mulher com aparência de quarenta anos, o corpo inteiro, me pede o currículo, parece analisá-lo. Ela sorri quando lê o meu nome: Daniel. Emenda é o nome do meu filho. Apareça amanhã, às oito em ponto. Minha vida está se resumindo a isso: *minha perda de identidade e um salário miserável.*

A boa notícia, isso eu tenho para dar agora.

O dia está chegando ao fim, aos poucos a cidade se esvazia, as marquises começam a ser ocupadas. Tem gente que não tem nada e outros que têm mais do que precisam. Reflito, olhando os prédios em volta, as mocinhas nas coberturas e os automóveis luxuosos lavados pelos faxineiros nas calçadas.

Penso só na minha mulher. Ela deve estar preparando a janta, meu filho deve estar assistindo à televisão. Ele gosta dos desenhos da tevê a cabo, da tevê a gato lá do bairro. Ontem teve tiroteio a noite inteira, ficamos encolhidos em um canto do banheiro. Eu quero voltar para casa, pros braços dela, rezo para que nada atrapalhe, que não encontre um maluco pelo caminho, que não esbarre com a polícia.

O ônibus demora. A noite insinua-se através dos prédios, um vento frio percorre toda a avenida. Os moleques zanzando de um lado para o outro, caçoando dos passantes, tirando sarro de quem está no coletivo, cheirando cola.

Minhas pernas estão fracas, a barriga começa a roncar. Eu só quero um trabalho, sustentar a minha família. Parece pouco. É pouco. Mas a cidade me nega. Entro na condução, pago a passagem com o dinheiro que me sobrou do dia. Procuro suportar tudo, não adianta reclamar. O cobrador não é o culpado, o motorista não é o culpado, o presidente diz também que não é. Eu tenho um ofício. Aprendi no Senac. Trabalhei em escritório. As pessoas tagarelam sobre coisas diversas. Cantarolo um trecho de uma música, minha música de trabalho.

Senta um rapaz negro do meu lado, suado, com uma caixa de isopor. Vende picolé. A toalha no ombro, os dedos cobertos de anéis, o pescoço por cordões prateados. O negócio não tá mole, ele me diz. A maré não tá pra peixe, respondo. Ele começa a falar, diz que a guerra na comunidade recomeçou, que a polícia quer ocupar a favela, mas os bandidos resistem. Ligo para casa, minha mulher atende aflita. Diz para eu dar um tempo no bar, não ir para casa. Os caras estavam em cima da minha laje, trocando tiro. A voz nervosa. Eu me descontrolo, pergunto quem é o culpado, quem? As pessoas me olham como se estivesse drogado, como se eu fosse um maluco, o rapaz do picolé se afasta com sua caixa, temendo sofrer um ataque, medo de ser agredido.

Eu começo a apontar o dedo para as pessoas, perguntando: de quem é a merda dessa culpa? De quem? Elas, assustadas, não me respondem, olham para a minha pasta, pensam que estou armado, acham que pode ser um assaltante, têm na memória a história do 174, não arriscam me contrariar, um evangélico ora com a cabeça baixa, uma histeria parece se instalar agora no coração de todos. Mas isso eu não aceito, eu não aceito.

Não noto a *blitz* policial, não vejo que o motorista manobra para o acostamento, não percebo que abre a porta de trás, não sinto o ódio no coração do policial, a sede de vingança que ele traz por estar trabalhando àquela hora, com seu salário miserável, com sua farda surrada, com sua arma inútil. Ele quer acertar também o culpado, o filha da puta que começou a merda dessa guerra.

Quando me dou conta, a arma está na minha nuca, desce, desce, desce. Penso na minha mulher, nossa vida é boa e nem podemos reclamar. Vida boa porra nenhuma. Está esperando o quê? Hein? diz o policial. Eu não me mexo. Quando o dia chega ao fim, eu só penso em descansar. Eu sei que existe a injustiça. Ele é louco! grita um dos passageiros. Louco. O policial me leva para trás da viatura. Começo no novo trabalho amanhã. Se você não segue as ordens, se você não obedece... No chão, no chão. Procuro esquecer o que não tenho, o que não sei. O salário miserável, é só um emprego, diria a minha mulher, só um emprego. Isso é um cheirador, derrama um quilo de pó na minha cara, traficante, é isso que ele é, chutam minhas costelas. Amanhã serei notícia de jornal.

Sagrado coração

Maurício de Almeida

Uma mão pesada escorre pelo meu pescoço como uma imensa gota de suor e, apesar de não encará-lo, sei que ele me olha esperando algo, uma palavra, um instante ou dois de atenção, mas abaixo os olhos, finjo cansaço, afrouxo a boca e suspiro longamente para que ele entenda que não, nem uma palavra ou um instante ou dois, porque sabemos que pouca coisa nos une agora e, se não somos estranhos um ao outro, isto acontece simplesmente por ele me olhar com muita presteza, na esperança confusa de uma retribuição, quando tudo que quero é silêncio e distância (por isso eu deveria dizer

— saia daqui

e dizer

— me esqueça e suma

eu deveria dizer muitas coisas que não digo), apenas silêncio, distância e um pouco de compreensão, afinal, muito embora queira acreditar em algo e entorpecer o medo no ópio bobo da esperança, eu não acredito em nada além da obviedade estúpida do fim, nada de redenção ou explicação máxima, apenas fim, entretanto ele encaixa a mão no meu ombro e me força a voltar o rosto em sua direção

(— me esqueça e suma)

resisto tensionando o pescoço e sem querer exponho as veias nas quais ainda pulsa uma insistência desnecessária de vida, ele força para me torcer um tanto mais o corpo e quase não suporto o desconforto das veias estiradas quando percebo as pernas dele irritadas (sei que ele quer dizer

— olhe para mim

mas não diz), ele perturbado e completamente sem ação, mas distante da possibilidade de ir embora e ainda em silêncio

(— olhe para mim)

a mão no meu ombro, os dedos firmes, e sinto que ele tem o corpo em riste, sei que os olhos suspensos no rosto desenham esferas imensas e os lábios ensaiam um sorriso tímido, talvez um pedido

(— olhe para mim?)

e quase me esqueço e me convenço de que é mais simples e menos dolorido, quase me convenço de que pode haver algo, nada de redenção ou explicação máxima, apenas luz, mas não, não quero vê-lo, tampouco que ele me veja, apesar de acreditar (eu tento, mas não acredito) que essa imagem exaurida do meu corpo não substituirá aquele homem rijo e atlético de suas lembranças, não quero encará-lo para não ter de encontrar em seu rosto os traços jovens que um dia me pertenceram e me deixaram à beira de um vazio que aos poucos se decompõe, preciso evitá-lo para que ele (tanto quanto eu) acredite na ideia do meu corpo ainda firme, para que ele (tanto quanto eu) imagine minha testa sem fendas, maxilar denso e a boca sem pregas em vez deste rosto talhado em covas fundas, no entanto ele insiste

(— olhe

mas não diz)

as pernas inquietas, o corpo desconfortável ao canto da cama que me acomoda, e resistimos em silêncio, não há mais tempo para qualquer palavra, ainda que uma espécie de culpa pese sobre mim e me afunde na incapacidade de abraçá-lo lembrando das noites em claro que o tive nos braços, das vezes em que ele procurava refúgio no meu colo e dos abraços fugidios e escassos que trocamos depois disso, amargando rancores idiotas, sei que ele ensaia uma pergunta

(— não vai olhar?)

sem maldade ou ironia, num tom de voz baixo e sincero, no entanto, ainda que me pergunte, não me atreverei a responder, negando-lhe também isso, pois nem mesmo os anos que se acumularam em minhas pernas magras e mortas deram respostas, continuo perplexo com a desordem do mundo, à espera de explicações que nunca tive, descrente de tudo (sempre quis acreditar, mas ninguém me apareceu apontando o peito e dizendo

— eis aqui o coração que tanto amou os homens

dizendo

— eis a luz

e ninguém aparecerá), não quero assumir que de nada adiantou as pernas ficarem magras e mortas, por isso preciso evitar que ele guarde de mim a ideia de que pereci inevitavelmente como uma fruta esquecida ao chão numa existência inócua, então viro mais o rosto, num esforço improvável viro também o corpo e pressinto às minhas costas uma explosão, fico mais quieto, finjo cansaço, afrouxo a boca suspirando impaciência e, por mais que me doa em algum canto ainda vivo do meu resto morto, persisto no silêncio porque falta pouco

(— olhe para mim)

pouquíssimo tempo para que me acabe a vida e lhe sobre a liberdade de construir qualquer memória, e mesmo que não entenda, ele deve apenas aceitar que eu tento, mas não acredito (espero que ele me diga

— eis aqui

sabendo que eu não acreditaria mesmo que ele dissesse) e por isso ele precisa entender que teremos de lidar sozinhos com esse mistério que é, sim, uma obviedade sem graça e mórbida, um ponto final estúpido e provavelmente indiferente, nada de redenção ou explicação máxima, teremos de lidar num silêncio de prece

(— eis a luz)

talvez com uma esperança risonha de papoulas moídas ou numa descrença melancólica, não importa, ele precisa aceitar de uma vez meus olhos perdidos, o corpo distante e o fato de que não direi uma palavra sequer, mas ele não aceita

(— olhe)

e me escapa das costas, os pés encontram o chão com violência, as pernas se estendem em equilíbrio e ele se levanta num pulo, eu adivinho então os olhos pequenos, o corpo tenso e desajeitado em passos confusos, ele gesticulando como se as mãos estivessem cheias de algo muito quente e os dedos atrapalhados

(— eis aqui o coração

eu queria que ele dissesse

— eis aqui a luz

para me explicar num sorriso tímido coisas absurdas que eu me esforçaria para acreditar) mas eu o ignoro num suspiro insuportável e ele descrente (tanto quanto eu) daquilo tudo finalmente grita

— pai, qual é o problema, seu puto?

e me ofende e me agride e eu respiro aliviado, pois nada mais tenho a lhe dar senão a possibilidade de rejeitar isto que sou agora.

Sobre os autores:

Alexandre Plosk nasceu no Rio de Janeiro, RJ, em 1968. Além da literatura, tem atuado como roteirista de televisão. No cinema, assinou a direção de curtas-metragens e escreveu o roteiro do longa *Bellini e a esfinge*, prêmio de melhor filme no Festival do Rio. Publicou os romances *Livro zero* (Planeta, 2004) e *As confissões do homem invisível* (Bertrand, 2008). Em 2009, participou da antologia *Humor Vermelho* (Vermelho Marinho).

Ana Elisa Ribeiro nasceu em Belo Horizonte, MG, em agosto de 1975. É poeta, contista e cronista. Na poesia, publicou *Poesinha* (Poesia Orbital, 1997), *Perversa* (Ciência do Acidente, 2002) e *Fresta por onde olhar* (Interditado, 2008). Publicou poemas e contos em diversas revistas e coletâneas, entre elas *35 segredos para se chegar a lugar nenhum* e *Pitanga*. É cronista do *Digestivo Cultural* desde 2003. Para ganhar a vida, é professora de português, com doutorado em linguística.

Carlos Fialho nasceu em Natal, RN, em 1979. É autor de dois livros de contos: *Verão veraneio* e *É tudo mentira!*, além de um de crônicas: *Mano Celo — O rapper natalense*, todos lançados pela editora Jovens Escribas. Escreve para revistas, jornais, portais de internet, teatro, publicidade e o que mais pintar. Blog do autor: www.blogdofialho.wordpress.com.

Carlos Henrique Schroeder nasceu em Trombudo Central, SC, em 1975. É romancista, dramaturgo e contista. Autor de *As certezas e as palavras* (Editora da Casa), *A rosa verde* (Edufsc) e *Ensaio do vazio* (7 letras), dentre outros. É editor da Design Editora, da Editora da Casa e cronista semanal dos diários *A notícia* e *O Correio do Povo*.

Daniela Santi nasceu em Porto Alegre, RS, em 1977. Foi redatora publicitária por sete anos. Atualmente, é doutoranda em cinema pela Universitat Pompeu Fabra, Barcelona, onde dirigiu dois curtas de humor negro, *El Muerto al Hoyo y el Vivo al Bollo* e *Marta, La Muerta*. Como escritora, ganhou menção honrosa no Prêmio Cidade Belo Horizonte 2008, categoria Poesia Autor Estreante, com a obra *Diamantes e dinamites*.

Henrique Rodrigues nasceu no Rio de Janeiro, RJ, em 1975. Formou-se em Letras pela UERJ, fez pós em Jornalismo Cultural, também na Uerj, e mestrado em Literatura na PUC-Rio, onde é doutorando em Literatura. Trabalha com projetos de incentivo à leitura e circulação de manifestações literárias, especialmente com jovens e professores. É coautor do livro *Quatro estações: o trevo* (independente, 1999) e participou das antologias *Prosas cariocas: uma nova cartografia do Rio de Janeiro* (Casa da Palavra, 2004) e *Dicionário amoroso da Língua Portuguesa* (Casa da Palavra, 2009). Autor do livro de poemas *A musa diluída* (Record, 2006), *Versos para um Rio Antigo* (infantil, Pinakotheke, 2007), *Machado de Assis: o Rio de Janeiro de seus personagens* (juvenil, Pinakotheke, 2008), *O segredo da gravata mágica* e *O segredo da bolsa mágica* (infantil, ambos pela Memória Visual, 2009). Site do autor: www.henriquerodrigues.net

João Anzanello Carrascoza nasceu em Cravinhos, SP. É escritor, redator de propaganda e professor da Escola de Comunicações e Artes da USP, onde fez mestrado e doutorado. Publicou os livros de contos *O vaso azul*, *Duas tardes*, *Dias raros* e *O volume do silêncio*, além de obras infantojuvenis. Algumas de suas histórias foram traduzidas para inglês, italiano, sueco e espanhol. Dos prêmios que recebeu destacam-se o Guimarães Rosa/Radio France Internationale e o Jabuti.

Manoela Sawitzki nasceu em Santo Ângelo, RS, em 1978. É escritora, dramaturga e jornalista. Publicou o romance *Nuvens de magalhães* (Mercado Aberto, 2002), a peça *Calamidade* (Funarte, 2004), cuja primeira montagem lhe rendeu o Prêmio Açorianos de Melhor Dramaturgia de 2006. Seu romance *Suíte Dama da Noite* foi publicado em 2009 no Brasil pela Record e em Portugal pela Cotovia. Já trabalhou em roteiros para cinema e televisão, e é colaboradora da revista *Bravo!*, escrevendo críticas de teatro.

Marcelo Moutinho nasceu no Rio de Janeiro, RJ, em 1972. Publicou os livros *Memória dos barcos* (7Letras, 2001) e *Somos todos iguais nesta noite* (Rocco, 2006), e organizou as antologias *Prosas cariocas — Uma nova cartografia do Rio de Janeiro* (Casa da Palavra, 2004), *Contos sobre tela* (Pinakotheke, 2005) e *Dicionário amoroso da Língua Portuguesa* (Casa da Palavra, 2009), das quais é também coautor. Foi, também, organizador do livro *Canções do Rio* (Casa da Palavra, 2010) e responsável pela coordenação editorial do *Manual de sobrevivência nos butiquins mais vagabundos* (Senac Rio, 2005), de Moacyr Luz. Tem artigos e contos veiculados em diversas revistas de cultura, como *Cinemais*, *Bravo!* e *Ficções*, e é colaborador dos suplementos Prosa & Verso (*O Globo*) e Ideias (*Jornal do Brasil*). Site do autor: www.marcelomoutinho.com.br.

Mariel Reis nasceu no Rio de Janeiro, RJ, em 1976. Cursou letras na UERJ e publicou em diversos periódicos: *Jornal Rascunho*, *Panorama da Palavra*, *Rio Letras*, *Ficções*, *Outros Baratos*, além dos sites Paralelos, Patife, Panorama da Palavra, Germina, Cronópios, Confraria do Vento, Dubito Ergo Sum, Revista Maria Joaquina. Participou das antologias *Paralelos — 17 contos da nova literatura brasileira* (Agir); *Prosas cariocas — Uma nova cartografia do Rio de Janeiro* (Casa da

Palavra) e *4 Contos* (Editora da Palavra). Publicou os livros de contos *Linha de Recuo e outras estórias* (Paradoxo) e *John Fante trabalha no esquimó* (Calibán). Integra a coletânea de Microcontos Pitanga, publicada em Portugal e Angola. Blog do autor: www.cativeiroamorosoedomestico.blogspot.com.

Maurício de Almeida nasceu em Campinas, SP, em 1982. É autor de *Beijando dentes* (Record), livro de contos vencedor do Prêmio Sesc de Literatura 2007, e coautor da peça *Transparência da carne*, encenada pelo grupo teatral República Cênica.

Miguel Sanches Neto nasceu em Bela Vista do Paraíso, PR, em 1965. Aos quatro anos de idade, perdeu o pai e passou a viver em outra cidade pequena do mesmo estado: Peabiru. Pertencendo a uma família de agricultores, acabou fazendo colégio agrícola e se dedicando à agricultura. Depois de abandonar esta atividade, fez o curso de Letras e seguiu a carreira do magistério superior. Doutor em Teoria Literária pela Unicamp (1998), é professor de Literatura Brasileira na Universidade Estadual de Ponta Grossa, colunista da *Gazeta do Povo* e colaborador regular da revista *Carta Capital*. É autor, entre outros, de ensaios: *Biblioteca Trevisan* (Editora da UFPR, 1996) e *Entre dois tempos* (Unissinos, 1999); de poesia: *Inscrições a giz* (FCC, 1991 — Prêmio Nacional Luis Delfino) e *Abandono* (Edição fora do mercado, 2003); e de ficção: do romance *Chove sobre minha infância* (Record, 2000) — traduzido para o espanhol (*Llueve sobre mi infância*. Barcelona: Poliedro, 2004) —, da coletânea de contos *Hóspede secreto* (Record, 2003 — Prêmio Nacional Cruz e Sousa de 2002), das memórias de *Herdando uma biblioteca* (2004), dos romances *Um amor anarquista* (2005) e *A primeira mulher* (2008).

Nereu Afonso nasceu em São Paulo, SP, em 1970. Formado em Filosofia pela USP, enveredou para o teatro. Durante dez anos, escreveu, atuou, lecionou e dirigiu para os palcos da França. Hoje, de retorno ao Brasil, voltou a ser um dos Doutores da Alegria (palhaços em hospitais). Estreou na literatura com o livro de contos *Correio litorâneo* (Prêmio Sesc de Literatura 2006). Em 2008, lançou *As Graças*, sobre a trajetória da Cia. Teatral As Graças. Blog do autor: http://bombyx.wordpress.com.

Ramon Mello nasceu em Araruama, RJ, em 1984. É poeta e jornalista — formado em Comunicação Social pela UniverCidade e Artes Cênicas pela Escola Estadual de Teatro Martins Pena. É autor do livro de poemas *Vinis mofados* (Língua Geral) e organizador de *Escolhas* (Língua Geral/Carpe Diem), autobiografia intelectual da professora Heloisa Buarque de Hollanda. Foi pesquisador e coorganizador de *ENTER — Antologia Digital*. E é responsável pela obra do escritor Rodrigo de Souza Leão. Mantém os *blogs* www.sorrisodogatodealice.blogspot.com, www.clickinversos.myblog.com.br e www.saraivaconteudo.com.br.

Renata Belmonte nasceu em Salvador, BA, em 1982. É advogada e escritora. Autora dos livros de contos *Femininamente* (Casa de Palavras, vencedor do Prêmio Braskem Arte e Cultura 2003), *O que não pode ser* (EPP, vencedor do Prêmio Cultura e Arte Banco Capital 2006) e *Vestígios da senhorita B* (PP5, Coleção Cartas Bahianas, 2009). Participou das antologias *Outras moradas* (EPP, 2007) e *Antologia Sadomasoquista da Literatura Brasileira* (Dix, 2008). Já colaborou com revistas literárias como Iararana, Germina, Bestiário, Rascunho, Verbo 21, Cronópios e Vaia. Foi uma das escritoras estudadas no livro *Quem conta um conto: estudos sobre contistas brasileiras estreantes nos anos 90 e 2000*, organizado e coordenado pela escritora Helena Parente Cunha, pesquisadora e professora emérita da UFRJ. Atualmente, mora em São Paulo e é mestranda em Direito e Desenvolvimento pela Escola de Direito de São Paulo da Fundação Getulio Vargas (FGV-SP).

Rosana Caiado Ferreira nasceu no Rio de Janeiro, RJ, em 1977. Formada em Comunicação Social, é roteirista e tem coluna semanal no

MSN Mulher, onde também assina matérias comportamentais. Participou da Oficina de Teledramaturgia da TV Globo, que lhe rendeu um contrato de três anos na casa. Tem contos publicados no já extinto Paralelos e na revista *Ficções*. Blog da autora: www.completeafrase.blogger.com.br

Sérgio Fantini nasceu em 1961 em Belo Horizonte, MG, onde reside. A partir de 1976, publicou zines e livros de poemas; realizou shows, exposições, recitais e performances. Tem textos nas seguintes antologias: *Revista Literária da UFMG, Novos contistas mineiros* (Mercado Aberto), *Contos Jovens* (Brasiliense), *Belo Horizonte, a cidade escrita* (ALMG/UFMG), (PBH), *Miniantologia da minipoesia brasileira* (PorOra), *Geração 90, manuscritos de computador* (Boitempo), *Os cem menores contos brasileiros do século* (Ateliê), *Contos cruéis* (Geração), *Quartas histórias, contos baseados em narrativas de Guimarães Rosa* (Garamond), *Cenas da favela — as melhores histórias da periferia brasileira* (Geração/Ediouro), *35 maneiras de chegar a lugar nenhum* (Bertrand Brasil) e *Capitu mandou flores — contos para Machado de Assis nos cem anos de sua morte* (Geração). Publicou os livros *Diz xis, Cada um cada um, Materiaes* (Dubolso), *Coleta Seletiva* (Ciência do Acidente) e *A ponto de explodir*.

Susana Fuentes nasceu no Rio de Janeiro, RJ. É autora do livro de contos *Escola de Gigantes* (7Letras) e da peça teatral *Prelúdios: em quatro caixas de lembranças e uma canção de amor desfeito*. É doutora em Literatura Comparada pela Universidade do Estado do Rio de Janeiro (2007). Colaborou com as revistas *E* e *Ficções*, e desde 2007 contribui para a revista literária virtual Histórias Possíveis (http://historiaspossiveis.wordpress.com).

Tatiana Salem Levy nasceu em Lisboa, em 1979. É escritora, tradutora e doutora em Letras. Publicou o romance *A chave de casa* (Record), vencedor do Prêmio São Paulo de Literatura 2008 na categoria Melhor Livro de Autor Estreante. *A chave de casa* também foi publicado em Portugal e na Espanha, e teve os direitos comprados para a França, a Itália e para o cinema. É coorganizadora do livro: *Primos: histórias da herança árabe e judaica* (Record) e atualmente escreve crônicas semanais para o site: www.vidabreve.com.

Wesley Peres, escritor, psicanalista, nasceu em Goiânia, GO, em 1975. Autor do romance *Casa entre vértebras* (Record), vencedor do Prêmio Sesc de Literatura 2006 e finalista do Prêmio São Paulo de Literatura 2008. Autor também dos seguintes livros de poesia: *Palimpsestos* (Editora da UFG, 2007), *Rio revoando* (USP/COM-ARTE, 2003), *Água anônima* (Agência Goiana de Cultura, 2002). É mestre em estudos literários pela Universidade Federal de Goiás (UFG) e doutorando em psicologia clínica pela Universidade de Brasília (UnB). Atualmente mora em Catalão (GO). Blog do autor: http://diariosdacataluna.wordpress.com.

Este livro foi composto na tipologia Minion Pro,
em corpo 11/15,2, e impresso em papel off-white 90g/m^2
no Sistema Cameron da Divisão Gráfica
da Distribuidora Record.